인생은 살사처럼

인생은
살사처럼

정석헌 지음

나만의
속도로
스텝 바이 스텝

샘터

프롤로그

회사 생활 10년 차. 나는 매일 똑같이 반복되는 일상 때문인지 무기력해져 있었고, 어디서부터 뭐가 어떻게 잘못된 건지 모르겠지만 모든 관계가 노동같이 느껴졌다. '내게는 아무 일도 일어나지 않고 아무도 날 좋아하지 않는다'고 느끼는 날이 점점 많아지면서 눈뜨고 있는 모든 시간이 괴로웠다.

급기야 어느 날부턴 월요일 출근이 미치도록 싫어 일요일 낮부터 술을 마셔대는 지경에 이르렀다. 부모

님의 잔소리로부터 도망치던 장남, 외로움을 견디지 못해 퇴근 후 어떻게든 약속을 만들려고 애쓰던 사람, 내 주변에 잘 나가는 사람이 이렇게나 많다는 걸 보이고 싶어 하던 과시남, 사람들의 칭찬에 목말라하던 관종, 살찐 몸을 부끄럽게 여기는 초라한 사람, 현실을 인정하기보단 피하고자 매일 술을 찾던 알코올 중독자, 거나하게 취하면 먼저 계산하며 혼자 좋아하고 돈이 없으면 빚을 내서라도 계산하고야 말던 못난 사람. 그야말로 착각의 감옥에 빠져 헤어 나오지 못하던 노답 인생.

살면서 참 많은 것을 포기하며 살았다. 포기할 때마다 온갖 핑계를 대며 나를 정당화했다. '핑계 없는 무덤 없다'는 옛말은 딱 나를 두고 하는 말 같았다. 내가 얼마나 핑계를 잘 만들어 낼 수 있는지 글로 적어 본 적도 있었는데, 무려 108개나 나왔다. 또 욕심은 많아서 많은 것을 시작했다가 관두기를 반복했다. 그중엔 3일을 못 가 관둔 것도 있고 오래 하더라도 3개월이 고작이었다. 영어 강의도 호기롭게 1년을 결제했다. 혼자서 시간 날 때 틈틈이 해야지 하면서. 1년 뒤에 몇 번이나 들었는지 봤더니 아홉 번이었다. 10일도 연속으로 듣지 못한 것이다. 이럴 때마다 나약한 의지를 탓했다. 헬스는 하러 간 게 영어 강의를 들은 횟수보다도 적었다. 1년을 결제하고 세 번 갔다. 중간에 환불이라도 했으면 그나마 덜 아쉬웠을 텐데, 환불은 또 쪽팔려서 안 했다. 말 그대로 헬스장의 기부 천사였다. 이대로는 더 이상 안 되겠다 싶어 나를 바꿔 보겠다 다짐하고 야심 차게 독서 모임에 들어갔다. 그리고 독서 모임의 한 회원을 통해 살사를 만났다. 이후 내 삶은 믿기 어려울 정도로 바뀌기 시작했다.

우리는 어떤 때 '좋다'라는 말을 사용할까? 사람이 좋다, 일이 좋다, 직장이 좋다, 인간관계가 좋다, 춤이 좋다 등 여러 경우에 '좋다'라는 말을 쓴다. 나는 마음에 불이 켜지게 하는 말이 '좋다'라고 생각한다. 가슴속에 어떤 등불 같은 것이 켜지는 것 말이다. 나는 살사를 추면서 좋다는 마음을, 마음이 환하게 빛나는 순간을 자주 경험했다. 좋아하는 마음이 들면 몇 시간이고 계속할 수 있었고, 에너지를 쏟는 게 어렵지 않았다.

세상에는 두 종류의 사람이 있다고 믿는다. 자신이 좋아하는 걸 스스로 찾아다니는 사람과 그렇지 않은 사람. 자신이 좋아하고 원하는 게 무엇인지 아는 사람은 어떤 상황에서도 자신을 잃지 않는다. 나다움이란 내가 무엇을 좋아하고 싫어하는지 정확히 알고, 그에 맞춰 행동할 때 견고해지니까.

나는 살사를 아주 좋아한다. 살사를 떠올리는 것만으로도 기분이 좋고 설렌다. 그래서 바쁜 하루를 보내 지친 날에도 춤을 추러 간다. 신기하게도 춤을 추면 지쳐 있던 몸과 마음이 금세 회복되면서 에너지가 충전된다.

홍대 살사바 보니따Bonita 입구에는 이런 문구가 있다. '지루하게 사는 것은 죄다.' 혹시 반복된 일상이 지루하다면, 좋아하는 것을 잊고 살고 있다면, 자신이 좋아하는 걸 하며 반짝이고 싶다면, 그렇다면 이 책을 잘 선택했다. 이 책을 펼쳐 든 누군가에게, 또 나와 같은 사람에게 이렇게 말해 주고 싶다.

"가끔은 바보처럼 살아도 괜찮아. 다른 사람의 시선은 신경 쓰지 말고 이제부터 네가 좋아하는 것을 위해 춤춰 봐. 비록 아무도 보고 있지 않더라도."

차례

1장
낯선 살세로의 시작 〰〰〰〰〰〰〰〰〰

2장

정열적이고 고혹적인 살사의 세계 ～～～～

3장
하마터면 모르고 살 뻔한 '공연의 맛'

춤추러 가기 전에

    살사를 배우기 전 필요한 건 체력과 즐기려는 마음
이다. 살사는 상체와 하체를 골고루 사용해야 하는 전
신 운동에 가깝다. 생각보다 운동량이 많아 그만큼 그
시간을 견딜 수 있는 체력이 필요하다. 물론 체력은
하루아침에 길러지지 않지만, 하루 이틀 하다 보면 점
점 나아진다(실제로 살사를 시작하고 체력이 말도 못
하게 좋아졌다). 어느 정도 체력이 있고, '재밌게 시작
해 봐야지' 마음먹었다면 그다음엔 뭘 준비해야 할지

평소 편한 복장

수료식 살세로 복장

수료식 살세라 복장

15

궁금할 것이다. 나는 살사 수업 첫날 어떤 옷을 입어야 하나 고민했는데, 의외로 복장은 고민할 필요가 없었다. 따로 정해진 것이 없을뿐더러 평소에는 남녀 모두 움직이기 편한 복장을 입기 때문이다. 상대에게 불쾌감을 주지 않을 정도의 옷이면 된다.

나의 경우 땀이 많은 편이라 상의는 땀 흡수가 잘되고 땀에 젖어도 표시가 잘 안 나는 면티 혹은 셔츠를, 하의는 활동이 편한 면바지나 트레이닝복을 주로 입는다. 신발도 편하게 운동화를 신는다. 그러다 점점 더 춤에 욕심이 생기면 살사화를 구매해 신는다. 살사화는 신발 바닥이 새무 재질이라서 운동화보다 저항이 적어 턴을 쉽게 돌 수 있고, 미끄러지듯 움직이기 쉽기 때문이다. 그 외 땀을 많이 흘릴 것을 대비해 면으로 된 헤어밴드를 챙기고, 평상시 살사 수업이 끝난 후 갈아입을 여분의 옷(주로 티셔츠)을 따로 준비하는 편이다.

수료식(공연) 때는 평소와 달리 화려한 복장을 입는다. 남자 상의는 흰색, 검은색, 붉은색을 주로 입고 하의는 검은색 양복바지를 입는다. 이때 신발은 검은색이나 흰색 살사화를 신는다. 여자는 공연복을 단체로 대여해서 입는 경우가 많은데, 그 어느 때보다 화려하고 반짝이는 의상으로 준비한다.

살사 기본기 다지기

기본 자세

허리는 세우고 가슴은 쭉 편다. 어깨는 힘을 빼고 양손은 겨드랑이에서 살짝 떼 허리 정도 높이에 두고 손은 달걀을 움켜쥔 듯 동그랗게 말아 쥐는 것이 살사의 기본 자세다.

이때, 다리는 모으고 뒤꿈치를 붙인 상태에서 90도 각도로 발을 벌려 준다. 기본 자세는 남(살세로)과 여(살세라) 모두 동일하다.

기본 자세

홀딩 자세

19

홀딩 자세

살사를 추기 위해 남녀가 손을 잡고 준비하는 자세를 홀딩이라고 한다. 어깨는 수평을 유지하고 맞잡은 손의 위치는 여자의 허리 정도 높이가 적당하다. 남자는 손바닥을 약간 동그랗게 말아 위로 보게 하고, 여자는 그 위에 손을 올려놓는다. 이때 엄지는 닿지 않으며 손을 꽉 잡지 않는다.

처음에는 잘 알지 못하는 남녀가 서로 얼굴을 마주하고 서서 눈을 바라보는 게 다소 쑥스러울 수 있지만, 하다 보면 자연스레 익숙해진다.

베이직 스텝

기본 자세 다음엔 베이직 스텝을 배운다. 베이직 스텝은 살사의 기본 동작으로 걷는 동작과 비슷하다. 8카운트에 맞춰 여섯 번 스텝을 밟는다. 카운트는 '원, 투, 쓰리, (포), 파이브, 식스, 세븐, (에이트)'로 센다. 일반적으로 4와 8카운트는 셀 때도 있고 안 셀 때도 있지만 없는 박자가 아님을 기억하자. 처음엔 이해를 돕기 위해 가르치는 사람이 4와 8도 카운트에 넣어 설명하지만 수업이 진행될수록 점차 세지 않는다.

살사는 남녀가 같이 마주 보고 추는 동작들이 주를 이루고 있어 남자와 여자의 스텝 순서에 차이가 있는데, 남자는 왼발부터 시작하고 여자는 오른발부터 시작한다. 즉, 움직일 때 서로 방해되지 않도록 스텝 방향이 반대인 셈이다.

모든 스포츠가 마찬가지겠지만 기본기가 가장 중요하다. 살사를 시작한 뒤 가장 많이 들었던 말이 바로 "베이직을 잘 배워야 한다"이다. 베이직 스텝 위에 패턴이 쌓여 멋진 동작이 만들어진다. 만약 스텝을 제대로 밟지 않고 패턴만 구사하면 춤이 엉성해진다. 건축물에 비유하자면 뼈대가 없는 집이 되는 셈이다. 또한 스텝을 밟으면서 만들어지는 텐션도 작동하지 않는다.

베이직 스텝만 잘 밟아도 살사가 재밌어질 것이다. 베이직 스텝의 중요성은 아무리 강조해도 지나치지 않는다. 모든 동작의 기본이 되니 말이다.

살세로 Ver.

❶ 왼발을 뒤로 움직인다.

❷ 오른발을 뒤로 움직인다.

❸ 왼발을 앞으로 움직인다.

❹ 전체적으로 몸의 중심이 앞쪽으로 이동

❺ 오른발을 앞으로 움직인다.

❻ 왼발을 앞으로 움직인다.

❼ 오른발을 뒤로 움직인다.

❽ 전체적으로 몸의 중심이 뒤쪽으로 이동

살세라 Ver.

❶ 오른발을 앞으로 움직인다.

❷ 왼발을 앞으로 움직인다.

❸ 오른발을 뒤로 움직인다.

❹ 전체적으로 몸의 중심이 뒤쪽으로 이동

❺ 왼발을 뒤로 움직인다.

❻ 오른발을 뒤로 움직인다.

❼ 왼발을 앞으로 움직인다.

❽ 전체적으로 몸의 중심이 앞쪽으로 이동

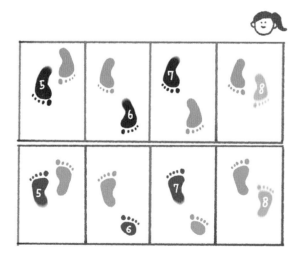

그림을 자세히 보면, 전체적으로 발뒤꿈치 부분이 흐릿하게 뭉개진 것을 볼 수 있다. 이는 스텝을 밟을 때 발바닥 전체로 한 번에 밟는 게 아니라 앞꿈치에서 뒤꿈치로, 차례로 밟는 동작을 묘사한 것이다. 즉, 앞꿈치에서 뒤꿈치로 몸의 무게가 서서히 이동함을 의미한다.

또 남자의 2, 여자의 6카운트를 보면 발 모양이 강아지 발자국처럼 보인다. 이것은 백Back 베이직을 표현한 것이다. 이때 뒤로 밟는 발은 뒤꿈치가 땅에 닿지 않게 밟아야 한다. 다음 동작을 하기 전 체중의 이동을 도와주기 위한 중요한 포인트다. 만약 발 전체를 사용해 밟으면 무게 중심이 전부 뒤로 이동하게 되어 다음 동작과 박자에 지장이 생길 수 있다.

그리고 남자의 4, 여자의 8카운트를 보면 발 모양이 흐릿하게 되어 있는데, 이때는 멈춰 서 있는 게 아니라 천천히 움직이는 동작을 표현한 것이다. 다음 스텝(남자의 5와 여자의 1)으로 발을 옮기는 중간 단계로, 쉽게 말해 이동 중인 발 모양이라고 생각하면 된다.

베이직 스텝은 '턴 & 베이직' 수업(명칭은 수업마다 다를 수 있음)이 있을 정도로 중요하다. 그만큼 심도 있게 다룰 수도 있지만, 초급 단계에서는 이 정도만 이해하고 넘어가도 충분하다.

턴

살사에 입문하면 베이직 스텝을 배운 후 턴을 배운다. 초급 수업에서는 라이트 턴과 레프트 턴, 스팟 턴을 배우고, 초·중급 수업에서는 인사이드 턴과 아웃사이드 턴을 배운다. 이 과정은 수업, 동호회에 따라 다르지만 보통 4주에서 6주간 이루어진다.

살사에서 베이직 스텝과 더불어 중요한 것이 바로 턴 동작이다. 초급 과정에서는 스텝을 밟으며 도는 방법을 알려 주지만 점점 뒤로 갈수록 몸통, 스텝, 시선 처리를 동시에 하면서 도는 법을 배우게 된다. 그만큼 신경 쓸 게 많아지는 것이다.

실사를 잘 추는 사람을 보면 자세뿐만 아니라 균형감의 조화가 완벽했다. 균형감을 찾기 위해선 반복 연

습밖에 없다(나 또한 더 나은 방법을 찾지 못했다). 춤에 재미를 붙이려면 평소 잠깐이라도 시간을 내어 베이직 스텝과 턴을 연습해야 한다. 기본에 충실한 것만큼 좋은 건 없다.

살사 용어 정리

- 살세로Salsero : 살사를 추는 남성

- 살세라Salsera : 살사를 추는 여성

- 홀딩Holding : 살세로와 살세라가 손을 맞잡는 것

- 베이직Basic : 살사의 기본 스텝

- 탭Tap : 중심을 옮기지 않은 채 발을 바닥에 살짝 대기만 하는 걸음

- 스텝Step : 중심을 옮기는 걸음

- 패턴Pattern : 살사의 동작으로, 라이트 턴, 레프트

턴, CBL, 스팟 턴, 위핑 등이 있음

- 텐션Tension : 살세로와 살세라가 밀거나 당길 때 생기는 힘

- 그립Grip : 파트너가 서로의 손을 잡는 동작이나 방법

- 원 턴One Turn : 한 바퀴를 도는 것. 두 바퀴를 빠르게 도는 것을 투 턴Two Turn, 세 번 이상 도는 것을 멀티 턴Multi Turn이라고 함

- 라이트 턴Right Turn : 살세라 기준, 뒤쪽 방향 오른쪽으로 도는 턴

- 레프트 턴Left Turn : 살세라 기준, 뒤쪽 방향 왼쪽으로 도는 턴

- 인사이드 턴Inside Turn : 살세라 기준, 앞쪽 방향(진행 방향) 왼쪽으로 도는 턴

- 아웃사이드 턴Outside Turn : 살세라 기준, 앞쪽 방향(진행 방향) 오른쪽으로 도는 턴

- 크로스바디리드Cross Body Lead, CBL : 살세로가 살세라의 왼편 90도 위치로 이동하는 리드

- 스팟 턴Spot Turn : 살세로와 살세라가 시계 방향(살

세라 기준, 오른쪽 방향)으로 도는 턴

- 위핑Weeping : 살세로와 살세라가 반시계 방향(살세라 기준, 왼쪽 방향)으로 도는 턴
- 쉐도잉Shadowing : 파트너가 앞에 있다고 생각하고 혼자 하는 연습
- 풋워크Foot Work : 발놀림에 집중한 춤 동작
- 첵Check : 고급 기술로, 패턴 진행 시 살세라의 동작을 일정 순간 막았다가 다음 패턴을 진행하는 것
- 샤인Shine : 홀딩을 하지 않고 혼자서 춤을 추는 동작
- 스타일링Styling : 남는 손, 머리, 어깨 등의 부위를 이용해 춤을 추면서 그 모습을 더욱 아름답게 만드는 동작
- 무브먼트Movement : 샤인, 스타일링과 비슷한 의미로, 몸의 부위를 아름답게 보이도록 움직이는 것
- 아이솔레이션Isolation : 무브먼트를 잘하기 위한 연습 방법으로, 연습할 부위를 제외한 나머지 부위를 고정하고 특정 부위만을 움직이는 것
- 출바 : '살사바에 춤추러 간다'는 의미

- 수료식 : 강습을 마친 후 하는 발표회
- 인스트럭터Instructor : 프로 댄서 혹은 강사
- 트레이닝Training : 그날 배운 내용을 반복해 몸에 익 도록 만들어 주는 수업
- 클리닉Clinic : 자주 사용하는 패턴 또는 수업에 따 라 베이직, 턴, 무브먼트, 리드 방법, 팔로우 방법 등 을 심도 있게 배우는 수업
- 워크숍 : 새로운 패턴과 턴, 무브먼트를 소개하는 수업
- 한 곡 반(반 곡 반) : 노래 한 곡(반 곡)에 맞춰 안무 를 배우는 수업
- 공연 반 : 공연을 하기 위한 수업
- 종합 트레이닝 : 베이직, 무브먼트, 리드, 턴 등 춤을 멋있게 추기 위한 모든 것을 배우는 수업

1장

낯선

삶세로의 시작

난데없이
살사

화창한 5월의 어느 일요일 아침. 한 달에 한 번 하는 독서 모임 참석을 위해 등촌역 근처 카페를 찾았다. 먼저 도착해 있던 독서 모임 회원인 효정 님이 반갑게 인사를 건넨다. 지난달보다 두 배는 밝아진 표정과 미소로. 갑자기 180도 바뀐 이유가 뭘까 궁금했다. 요즘 무슨 좋은 일이 있냐며 혹시 남자 친구가 생겼냐고 물었다. 그런데 효정 님의 입에서 의외의 답변이 튀어나왔다.

"살사 때문인 것 같아요. 어제도 밤새 추고 왔거든
요!"

살사? 아니, 살사라는 것이 대체 뭐길래 밤을 지새
우고 독서 모임에 올 정도로 재밌단 말인가. 더구나
그녀의 얼굴에선 피곤한 기색이 전혀 느껴지지 않았
다. 오히려 에너지가 넘쳐 보였다. 그토록 재밌는 거라
면 나도 한번 따라 해 보고 싶었다.

"저처럼 뚱뚱한 몸치도 가능한가요?"

"그럼요! 석헌 님보다 더 큰 사람도 추는걸요."

나보다 몸집이 큰 사람도 하고 있다는 말에 용기가
생겼다. 당장 따라가 보고 싶은 마음이 고개를 들었다.
나의 관심은 이미 온통 살사로 쏠려 있었다. 어떻게
하면 되냐고, 어디서 하는 거냐고, 궁금한 게 많아 질
문이 꼬리에 꼬리를 물고 이어졌다.

"다음 주부터 초급반 111기 수업이 시작돼요. 그런
데 석헌 님 나이가 어떻게 되시죠? 나이 제한이 있거
든요."

"정말요? 나이 제한이 몇 살인데요?"

"마흔까지로 알고 있어요."

나이 제한이라니. 무슨 취미 활동하는 데 나이 제한이 있지? 갑자기 나이 제한이란 말에 한껏 업된 기분이 찬물을 끼얹은 듯 가라앉아 버렸다. 실망한 내 마음을 읽었는지 효정 님은 자신이 운영진에게 한번 물어봐 주겠다고 했다. 그녀의 말에 내심 기대를 했었다. 그러면서도 안 된다면 뭐 어쩔 수 없는 일이라 생각했다. 이미 먹은 나이를 되돌릴 수는 없으니 말이다. 들뜬 마음을 가라앉히고 독서 모임을 시작했지만, 영 집중이 되지 않았다.

다음 날 오전 9시가 조금 넘은 시각, 카톡이 울렸다. 효정 님이었다. 운영진에게 물어봤는데 이번 기수만 나이 제한이 없단다. 이런 행운이! 이건 분명 살사를 시작하라고 하늘에서 내려 준 기회임이 틀림없었다. 어렵게 잡은 기회를 날려 버릴 수는 없는 법. 나는 운이 참 좋은 사람이라 생각하며 1분 만에 카페 등록부터 회비 입금까지 끝내 버렸다.

나의 호기심 덕분에, 독서 모임을 시작한 덕분에, 거기서 효정 님을 만난 덕분에, 한시적으로 풀린 나이 제한 덕분에, 그런 덕분에 나는 살사를 시작할 수 있었다. 이것이 내 삶을 변화시킬 결정적 사건이 될 줄은 그때는 몰랐다. 자, 이제 심호흡 한 번 크게 하고 시작해 보자. 라틴 속으로!

그거
이상한 거
아니에요?

무턱대고 신청하긴 했지만 강습 날이 다가올수록 초조해졌다. 이상한 상상이 마구마구 제멋대로 날개를 펴기 시작했다. 심지어 지하 감옥 같은 곳에 끌려가 감금당해 아무것도 먹지 못하는 상상에 빠질 정도였다. 그때, 효정 님에게 연락이 왔다.

[오늘 첫 연습이네요. 이따 봬요.]

메시지를 확인하고 바로 답장을 보내지 못했다. 막

상 시작하려니 두려운 마음이 들었다. 가지 말까? 못 간다고 말할까? '다음에 시간 날 때 갈게요'라고 답할까? 메시지를 썼다 지웠다 스무 차례 반복한 끝에 답장을 보냈다.

[네, 이따 봬요.]

이제 와서 못 간다고 하면 체면이 말이 아닐 것 같았다. 덩치가 산만 한 사람이 소심하게 미룬다느니, 보기보단 우유부단하다느니, 이런 말을 듣게 될까 봐 겁이 났다. 그래서 결국 마음과는 반대로 답을 해 버렸다. 답장을 보냈지만 진짜로 갈 것인지는 결정하지 못한 채로.

살사 초급반 수업은 토요일 저녁 7시 30분이었고, 연습실은 홍대입구역 2번 출구에서 도보로 5분 거리에 있었다. 집에서는 30분 정도 걸리는 거리다. 1시간 전에 연습실 근처에 가서 간단히 저녁을 먹어야겠다고 생각했다. 수업 시작 2시간 전 다음 카페에 들어가 보니 새 글이 하나 보였다. 수업 전에 함께 식사하자는 '밥벙' 공지였다. 혼자 들어가기 뻘쭘하던 차에 잘

됐다 싶어 참석 댓글을 달았다. 식사 장소인 국숫집에 도착해 밥벙을 소집한 '주니'라는 닉네임을 쓰는 분께 전화를 걸었다. 그리고 이어진 어색한 첫 만남. 국숫집에는 주니 님 외에도 4명이 더 있었다. 우리는 간단히 인사한 후 음식을 주문했다.

"닉네임이 어떻게 되세요?"

"아… 저는 오류입니다."

"오류동 사시나 봐요?"

분명 이렇게 물어볼 줄 알았으면서도 마땅한 답변을 찾지 못해 어색하게 그냥 고개만 끄덕이고는 국수에 시선을 고정했다. 긴장한 탓에, 어색한 분위기에 국수가 무슨 맛인지 전혀 느껴지지 않았다. 20여 분의 식사 시간이 끝나고 우리는 밖으로 나와 연습실로 향했다. 연습실은 국숫집 바로 맞은편이었는데 지하로 내려가는 계단이 비좁았다. 터벅터벅 한 계단씩 조심조심 내려가니 반가운 얼굴이 보였다. 효정 님이다. 새로운 모임에 갔을 때 아는 사람이 있다는 게 이렇게나 큰 힘이 되다니. 효정 님은 연습 열심히 하고 이따 살사바에서 보자며 손을 흔들며 연습실을 떠났다. 그리고 수업이 시작됐다.

"안녕하세요. 111기 여러분. 오늘부터 여러분과 함께 6주간 수업을 진행할 에테르고요, 옆에는 찌까입니다. 앞으로 잘 부탁드려요. 처음이라 모두 어색할 텐데요. 간단히 서로 소개하는 시간을 가져 볼까요?"

나는 자기소개 시간이 너무 싫다. 남 앞에 나서서 뭔가를 해야 할 때면 진땀이 난다. 이제는 익숙해질 만도 한데 할 때마다 하기 싫고 피하고 싶고 그렇다.

"110기 스텔라(효정 님 닉네임) 님 소개로 오게 된 오류입니다. 앞으로 잘 부탁드려요."

최대한 떨지 않고 침착하게, 얼굴엔 미소를 띠면서 짧게 소개를 마쳤다. 나는 111기였고, 함께 수업을 듣는 인원은 총 31명이었다. 한 명씩 돌아가며 소개가 끝나자 '라틴 속으로' 운영진의 소개가 이어졌다. 매니저, 총무, 연습실 지기 등 한 무리의 사람들이 우르르 앞으로 나와 자신을 소개했다. 특히 매니저와 연습실 지기는 실제로 나와 덩치가 비슷했다. 순간 이상한 동질감이 느껴지면서 여태까지의 의심이 사라졌다. 없는 믿음도 생길 판이었다.

"첫 수업은 살사 기본 스텝입니다. 원, 투, 쓰리, (포), 파이브, 식스, 세븐, (에이트)."

어색했던 자기소개 시간이 끝나고 본격적으로 수업이 시작됐다. 선생님이 앞에서 서너 차례 시범을 보여 준다. 하나라도 놓치면 안 될 것처럼 눈에 힘을 주고 집중해서 본 뒤 따라 해 본다. 몸에 한껏 힘이 들어간 채로, 최대한 부드럽게 발을 떼 본다. 왼발부터 천천히, 입으로는 박자를 세면서.

"원, 투, 쓰리, (포), 파이브, 식스, 세븐, (에이트)."

그냥
오기만 하면 돼

모든 운동과 마찬가지로 살사 수업도 스트레칭으로
시작된다. 경직된 근육을 풀어 주고 부상을 최소화하
려면 스트레칭은 필수다. 보통 30분간 스트레칭과 준
비 운동을 하는데, 나는 이 시간을 좋아하고 나름대로
최선을 다한다. 평소 굽어 있던 어깨가 펴지고 안 쓰
던 근육들이 기지개를 켜면서 몸이 시원해진다. 게다
가 바쁘게만 내달리던 일상에서 벗어나 잠시나마 느

림과 멈춤의 시간을 가질 수 있어 좋다. 그렇게 몸도 마음도 조금씩 이완되면서 편안해진다.

순서는 이렇다. 하체를 가만히 둔 상태에서 상체를 좌로 우로 움직이고, 그다음 상체를 가만히 둔 상태에서 골반을 앞, 뒤, 좌, 우로 움직인다. 뒤이어 앞, 뒤, 옆으로 발을 움직이면서 스텝을 밟는다. 이렇게 15분간 스트레칭을 한 뒤 음악에 맞춰 좀 더 리드미컬하게 움직이는 스텝이 이어진다. 사부(내가 속한 동호회에서는 '선생님' 호칭 대신 친근하게 '사부'로 부른다)의 구령에 맞춰 라이트 턴, 레프트 턴, 인사이드 턴, 아웃사이드 턴이 이어진다. 이렇게 15분, 대략 다섯 곡 정도 감미로운 음악에 맞춰 즐겁게 스텝을 밟다 보면 몸도 슬슬 예열이 된다. 그러면 본격적으로 배울 준비가 된 것이다.

살사는 스텝으로 이루어진 춤이다. 음악이 끝날 때까지 쉼 없이 발을 움직이고, 또 움직여야 한다. 그러다 보니 1시간쯤 살사를 추고 나면 허벅지와 종아리가 묵직해지고 발목도 아프기 시작한다. 그래서 초창기에는 살사바에서 서너 곡만 춰도 체력이 거의 바닥났었다. 그런데 스텝을 익히고 할 줄 아는 동작이 하나씩 늘어나면서 체력도 서서히 올라갔다. 믿기 어렵겠지만 지금은 여덟, 아홉 곡도 거뜬히 출 수 있게 되었다.

게다가 몸치인 줄 알았던 내가 이렇게 춤을 출 수 있다니, 놀랍고 신기했다. 실제로 살사를 배우며 알게 된 것도 많다. 처음 시작했을 때는 단순히 스텝만 밟으면 되는 줄 알았지만, 이제는 춤추는 동안 무게 중심과 상체 프레임(적당한 힘으로 상체의 기본 자세를 유지하는 것) 유지가 중요하다는 것을 알고 신경을 쓴다. 그렇게 몰랐던 부분을 채워 가면서 자신감과 재미가 는다. 그리고 실력이 어느 정도 쌓이면 나중에는 공연도 하게 되는데, 공연은 수업과는 또 다른 동기부여 역할을 한다.

이뿐만이 아니다. 살사 동호회에는 끊임없이 참여를 독려하고, 물심양면 도움을 주는 1등 공신 3명이 있다. 바로 운영진, 사부, 반장이 그들이다. 운영진은 살사바에 많은 인원이 모이도록 다방면으로 협력하고, 사부는 수강생들이 계속해서 수업에 나오도록 유도하며, 회원들의 실력이 늘 수 있도록 패턴을 연구한다. 마지막으로 반장은 해당 수업 동기들의 수업 참여율을 높이기 위해 애쓰며 수업 전 릴레이 공지와 병개, 그리고 뒤풀이 정산까지 도맡는다.

이렇게 도움을 주는 든든한 이들이 있고 재미까지 있으니 무엇이 더 필요하겠는가. 그러니 아직도 주저하고 있다면 고민 없이 오시기를! 몸을 이끌고 그냥 오기만 하면 된다. 모든 준비는 이미 다 되어 있다.

진료는 의사에게,
자세 교정은 거울에게

'제대로 하고 있는 건가?'

살사를 추다 보면 내가 하는 동작이 맞는지 의심이 드는 순간이 있다. 그럴 때 가장 쉽게 확인할 수 있는 방법은 바로 거울에 비친 내 모습을 보는 것이다. 커다란 거울을 통해 내 모습을 보면서 춤을 추면 잘못된 자세를 교정하는 데 도움이 된다(나는 집에서도 자주 거울을 보며 자세를 확인하곤 한다). 더 확실한 방법은 사부에게 내가 한 동작이 맞는지 물어보는 것이다. 그러면 자세한 설명과 함께 다시 한번 동작을 배울 수 있다.

내가 살사를 배우는 '라틴 속으로' 동호회에서는 수업이 진행될 때마다 매번 새로운 패턴들을 배운다. 초급에서 초·중급으로 딱 한 단계 올라간 것뿐인데 난이도는 마치 초등학교 1학년에서 6학년 수준으로 넘어간 듯한 느낌이다. 초급에서 배운 기본기들이 아직 몸에 익지 않은 사람이 초·중급 수업을 따라가려면 두 배로 더 힘들 수 있다.

예를 들어, 초·중급 첫 시간에 배우는 인사이드 첵이라는 패턴이 있다. 인사이드 첵은 인사이드와 첵(브레이크)을 합친 말이다. 초급 때 배운 인사이드 턴은 진행 턴으로 다 돌고 나면 살세로와 살세라가 마주 보게 되는데, 인사이드 첵은 살세라가 살세로를 등지고 서게 된다. 살세라가 반 바퀴 더 돌지 못하도록 살세로가 첵을 걸어 줬기 때문이다. 초급에서 배운 CBL, 그리고 기본 스텝을 서로가 다 소화할 수 있다는 전제하에서만 가능한 동작이다.

초·중급 수업에서 배우는 동작은 초급에서 배운 모든 기본기 위에 쌓여 다져진다. 배우고 연습하고를 반복해야 하는 이유다. 거울에 비춰 보고, 안 되는 건 사부에게 물어보고, 한 동작 한 동작이 몸에 익을 때까지 연습해야 한다. 그렇게 몸에 각인된 것은 쉽게 잊히지 않는다. 춤은 말로 배울 수 없는 법이니까.

초급 수업부터
수료식까지

　살사 동호회마다 수업 방식과 부르는 용어에 차이
가 있다. 내가 활동하는 동호회 '라틴 속으로'를 기준
으로 얘기하자면, 수업은 대략 이런 순서로 진행된다.
　처음 살사를 시작하면 6주간, 매주 1회씩 1시간에서
1시간 30분가량 초급 수업을 듣는다. 초급반에서는
기본 스텝과 라이트 턴, 레프트 턴, 스팟 턴을 배운다.
그다음 초·중급반으로 넘어가는데, 이때 인사이드 첵,

인앤 아웃 코파, 헤머락, 풀앤 첵, 드롭 앤 캐치, 리버스 코파, 위핑을 배운다. 이 과정도 6주 정도 진행된다.

초급과 초·중급 과정을 모두 배우고 나면 그다음 기다리는 것이 수료식이다. 수료식은 살사에 입문한 새내기들이 선배 기수들 앞에서 실력을 보여 주는, 일종의 발표회라고 생각하면 된다. 수료식에 참여할지 말지는 선택이며, 참여를 선택했을 경우 6주간 연습 기간을 거쳐 발표를 한다. 이때 안무는 초급과 초·중급 수업을 가르쳤던 사부들이 만드는데(물론 음악 선곡도 포함이다) 대부분 수업에서 배운 동작들 위주로 구성되며, 공연을 위해 특별히 안무를 짜는 경우도 있다.

수료식을 수업과 별개로 생각하는 사람도 있는데, 사실 수료식 연습 과정에서 살사 실력이 많이 향상된다. 수업 외에 별도로 연습실을 잡아 연습하는 횟수가 많기 때문이다. 수업이 기술을 터득하는 시간이라면 수료식에서는 그 터득한 기술들을 맘껏 표현할 수 있다. 그 과정에서 재미난 에피소드도 많이 생기고, 함께한 동기들과의 우애도 깊어진다.

이렇게 수료식이 끝나면 다음 레벨 업을 위한 수업들이 기다리고 있다. 각자 필요한 수업을 선택해서 들으면 된다. 저마다 다르겠지만, 대부분은 초·중급 수료식 후에 준중급 1을 듣고, 그다음 준중급 2를 거쳐 턴 베이직 수업을 듣는다. 턴 베이직 수업은 체중 이동과 턴 실력을 높이는 데 중점을 둔 수업으로, 기본기를 더욱 탄탄하게 만들어 준다.

이외에도 해외 인스트럭터들이 진행하는 마스터 클래스, 공연을 위한 목적으로 운영되는 한 곡 완성반, 살사바에서 소셜(수업 외 하는 연습)을 즐기기 위해 진행되는 트레이닝 반, 부족한 부분을 세밀하게 보완해 주는 무브먼트 반, 각종 오픈 클래스 등 다양한 수업이 준비되어 있다.

처음엔 언제 저 단계까지 올라가나 막막하겠지만, 어느 순간 보면 그 과정들을 내가 다 거쳤구나 하면서 뿌듯함을 느끼게 될 것이다. 중간에 포기하지 않는다면 말이다.

나만의
케렌시아로!

　나는 가끔 생각한다. 나에게 나만의 안식처가 있는
지. 스페인어로 '케렌시아Querencia'는 삶이 지치고 힘
들 때, 본연의 자기 모습을 잃어버린 것 같은 느낌을
받을 때, 혼자 조용히 찾아가 숨을 고르며 치유의 시
간을 보낼 수 있는 장소라고 한다. 살사를 시작한 후
내게도 나만의 '케렌시아'가 생겼다. 바로 살사바다.
나는 일주일에 두 번 살사바에 들러 에너지를 충전한

다. 살사바는 내게 급속 충전소와 같다. 이곳에 가는 것만으로도 지치고 힘들어 방전되었던 마음이 긍정적 에너지로 빠르게 채워지기 때문이다.

몇 년 전부터는 가장 좋아하는 요일도 바뀌었다. 대부분 사람들이 좋아하는 요일은 주말이겠지만, 나는 목요일과 토요일을 좋아한다. 왜냐하면 살사 동호회 모임이 있는 날이기 때문이다. 매주 목요일엔 정모('정기 모임'의 줄임말), 토요일엔 정벙('정기 번개 모임'의 줄임말)이 있다. 홍대 주변에는 살사 동호회도 많고 살사바도 많지만, 내가 활동하고 있는 '라틴 속으로'는 매주 목요일엔 보니따에서, 토요일엔 홍턴에서 모임을 갖는다.

어제도 나는 보니따에 다녀왔다. 함께 수업을 듣는 111기 동기들 6명과 초·중급 수업을 지도해 준 사부 세 분과 함께 살사바에서 즐거운 시간을 보냈다. 저녁 9시경 보니따에 도착해 입구에서 입장료 만 원을 결제한 후 '라틴 속으로' 출석부에 이름을 적었다. 그다음 음료로 교환할 수 있는 번호표를 받아 들고 살사바에 입장한다. 가방에서 살사화를 꺼내 갈아 신고 검은색 힙합 두건을 머리에 두른 후 음료를 마시기 위해 안쪽 바Bar로 이동한다. 최근 사랑에 빠진 '블랙 러시안'을 주문한 후 음료가 나오길 기다리며 춤추는 사람들에게 두 눈을 고정시킨다. 얼굴에는 환한 미소가, 이마에는 땀이 송골송골 맺혀 있고 발은 앞으로 뒤로 왔다 갔다 하며 음악에 맞춰 열심히 스텝을 밟고 있는 모습을 보면 나도 슬슬 발동이 걸린다. 준비된 음료를 한번에 쭉 들이켜고 중앙 홀로 나간다.

30분쯤 지났을 때 한 무리의 사람들이 우르르 들어오더니 왼쪽 구석에 자리를 잡았다. 이제 막 수업을 시작한 친구들이 분명했다. 보니따 홀 입구를 기준으로 왼쪽 구석 자리는 일명 '초급 존'이라 불린다(4년 전 내가 자주 머물던 자리이기도 하다). 보통 살사바는 밤 10시부터 사람들이 몰리기 때문에 9시 반쯤에는 그리 붐비지 않는데(약 50퍼센트 정도만 찬 상황이다), 이때 초급자들이 무대를 장악하기가 좋다. 역시나 초급 존에 모인 이들이 거울 앞에 줄지어 서기 시작했고 이윽고 선생님으로 보이는 사람이 앞에 서자 다 같이 베이직을 밟으며 몸을 풀기 시작했다. 나도 그들 뒤에 서서 함께 스텝을 밟았다. 두 곡 정도 끝나니 몸에 적당한 열감이 느껴졌다. 내 뒤로, 내 뒷사람의 뒤로 함께 스텝을 밟는 사람들이 점점 늘어났다. 어느새 111기 동기들도 옆에서 같이 스텝을 밟고 있었다.

밤 10시가 되자 홀의 80퍼센트 정도가 사람들로 찼다. 초급 존으로 와 인사하는 사람도 여럿 있었는데, 오늘 첫 살사 수업을 마치고 살사바에 온 113기 새내기들이었다. 113기를 이끄는 사부가 '라틴 속으로' 동호회원들이 모여 있는 곳으로 와 새내기들과 선배 기수들이 홀딩을 할 수 있도록 파트너를 지어 주었다. 덕분에 나도 초급반 세 분과 함께 홀딩하는 영광을 누렸다.

메나모 라쓰떼라 씸쁠 게라썹 니메라 메르딴메 마쓰떼 고라썹. 앗, 이 곡은! 살사바에는 그날의 음악을 담당하는 DJ가 있다. 살사바마다 전담 DJ가 1명씩 있고 특별한 행사가 있는 날이면 외부에서 초청을 하기도 한다. 보니따는 요일마다 다른 음악을 트는데, 목요일과 토요일엔 살사 음악 세 곡, 바차타 음악 세 곡을 튼다. 앞서 113기 세 분과 연달아 춤을 춘 터라 잠시 쉬려고 하는데, 최근 꽂혀 있는 바차타 음악 〈Dime Cómo Se Siente〉가 나를 다시 홀로 이끌었다. 때마침 앉아서 쉬고 있던 동기 인장 님을 발견해 함께하자는 눈짓을 보낸 후 우리는 한 곡을 더 췄다.

밤 11시 20분이 돼서야 보니따를 나서 집으로 향했다. 밤 9시에 들어갔으니, 2시간 20분을 살사바에서 보낸 것이다. 그 시간 동안 내가 걸은 걸음 수는 12,450보였다. 머리에 둘렀던 두건이 땀으로 흥건했다. 신나는 음악이 있고, 맛있는 음료가 있고, 춤으로 똘똘 뭉친 동지들이 있고, 운동 효과까지 있으니 이 정도면 일석사조라 할 수 있지 않을까. 거기에 하나가 더 있다. 다가올 한 주를 버티게 해 줄 에너지 충전 효과!

살사의 꽃,
스팟 턴과 위핑

'스팟 턴'과 '위핑'을 살사의 꽃이라 하는 이유는 말 그대로 꽃처럼 예쁜 동작이어서다. 보통 초급 수업 마지막에 스팟 턴을, 초·중급 수업 마지막에 위핑을 배운다. 스팟 턴은 살세로와 살세라가 서로 떨어졌다가 빙그르르 도는 패턴이다. 제자리에서 백스텝을 밟은 후 서로 반대 방향의 텐션과 원심력을 이용해 360도 턴을 도는데, 이때 마치 놀이기구를 탄 것처럼 붕 뜬 느낌이 든다. 서로 상체 프레임이 유지될 때, 그리고 상대방의 얼굴을 지긋이 바라볼 때 그 느낌은 배가된다.

　마찬가지로 위핑도 원심력을 이용한 동작이다. 다만 스팟 턴이 시계 방향으로 돈다면 위핑은 반시계 방향으로 돈다. 기술 면에서는 스팟 턴보다 한 단계 위라고도 할 수 있어 초·중급 수업 6주차 때 배운다. 위핑은 여러 가지 턴 동작 뒤에 이어서 할 수 있는데, 이를테면 스팟 턴이나 인사이드 턴에 이어서 할 수 있다. 인사이드 위핑의 경우 살세로는 1, 2카운트에 인사이드 패턴 리드를 시작하고, 살세라가 턴을 시작하면 3카운트에 살세라 쪽으로 방향을 틀어 살세라를 따라가야 한다. 중요한 건 3카운트다. 3카운트 때 살세라를 따라가지 않으면 살세라와의 거리가 멀어지면서 제대로 된 위핑을 시도할 수 없다. 또한 3카운트에서 살세로는 오른손으로 살세라의 우측 견갑골 쪽을 같은 방향으로 따라가면서 홀딩도 해야 한다. 살세라가 회전하고 있기 때문에 따라가면서 홀딩해야 하는 것

이다. 살세로는 5, 6, 7카운트에서 살세라를 중심으로 반대편으로 넘어가는 게 아니라, 살세라와 위치를 바꾼다는 느낌으로 리드를 한다. 이때 살세라와 너무 멀리 떨어지지 않도록 유의하면서 홀딩해야 한다.

스팟 턴과 위핑을 글로 설명했지만, 여전히 나는 이 패턴들이 어렵다(몸으로 부딪칠 때도 마찬가지다). 두 패턴을 익히는 게 너무 어려워서 정모 때 동기들에게 부탁해 몇 번 시도해 봤지만 한 번도 제대로 성공하지 못했다. 어떤 패턴은 시간이 지나야 몸에 익는다. 그러니 욕심내지 말고 차근차근히 해 나가는 게 답이다.

처음 초급반으로 시작해 초·중급 수업의 마지막 강의가 완료되는 데는 적어도 3개월이 걸린다. 3개월은 쏜살같이 지나가는데, 지나고 보니 패턴보다 더 중요한 게 베이직 스텝이라는 걸 알았다. 빨리 살사 실력이 늘었으면 하는 바람으로 패턴을 배우는 데만 집착했었는데, 잘못된 생각이었다. 정확한 베이직 스텝 없이는 어떤 패턴도 제대로 구사할 수 없다는 것을 몸으로 알게 되었다.

살사를
시작하면
달라지는 변화

1...5...1...5...1...5

아침에 일어나서 가장 먼저 떠오른 숫자, 살사의 리듬이다. 하루 종일 원, 파이브가 머릿속을 맴돈다. 횡단보도 신호를 기다리며 원, 파이브. 엘리베이터를 기다리며 원, 파이브. 길을 걸을 때 무게 중심을 자연스레 왼발에서 오른발로 이동하고, 앞으로 갔다 옆으로도 가 보고, 제자리에서도 걸어 보고. 버스가 우회전할 때도 제자리에서 오-원-오, 지하철이 정지할 때 넘어지지 않으려고 오-원-오. 온종일 스텝 바이 스텝.

살사를 시작하면 한동안 이렇게 스텝만 되뇌게 된다. 안 쓰던 머리를 계속 무언가를 외우는 데 쓰다 보니 기억력이 좋아지는 것 같다면 과장된 표현일까. 이것 말고도 살사를 시작한 후 많은 것이 달라졌다. 그중 내가 경험한 것을 중심으로, 살사의 대표적인 장점 세 가지를 소개한다.

첫째, 운동 효과

1시간 정도 살사를 추며 스텝을 밟으면 1만 2천 보를 걷는 것과 같은 효과가 있다. 나의 경우 회사에서 집까지 대중교통을 이용하며 하루 평균 5천 보 정도를 걷는다. 그렇게 치면 살사를 1시간 추는 게 세 배의 운동 효과가 있는 셈이다.

실제로 나는 살사를 시작하고 2주 만에 2킬로그램을 감량했고, 줄어든 몸무게를 꽤 오랫동안 유지했다.

둘째, 에티켓 장착

살사를 시작하면 반드시 지켜야 할 기본 에티켓이 장착된다. 그동안 잊고 있었던 매너 남의 기본 소양을 자연히 갖추게 된다고도 볼 수 있다. 식사 후 양치는 물론 각종 냄새를 제거하기 위한 페브리즈와 같은 섬유탈취제, 껌과 민트사탕, 여벌의 옷, 손수건 등을 이제는 알아서 챙긴다.

살사는 혼자 추는 게 아니다. 늘 상대와 함께한다는 점을 잊어서는 안 된다.

셋째, 삶의 활력소

스오 마사유키 감독의 영화 〈쉘 위 댄스〉는 지극히 평범한 샐러리맨 스기야마 쇼헤이가 춤을 배우며 서서히 변화하는 삶 이야기를 다룬다. 오래전 본 이 영화가 여전히 기억에 남아 있는 이유는 인상 깊었던 한 장면 때문이다. 사무실에서 열심히 업무에 집중하는 주인공 모습이 등장하고 카메라가 서서히 발 쪽으로 내려간다. 놀랍게도 책상 밑에서는 발이 부지런히 스텝을 밟고 있었다. 손보다도 더 바삐 말이다.

일을 하면서도 놓지 못할 정도로 춤이 좋았던 걸까. 때론 이런 몰입이 삶의 활력을 불어넣어 주기도 한다. 평소 자발적이고 즐거운 무언가가 하나만 있어도 삶의 질은 달라질 수 있다. 내게 살사가 떠올리기만 해도 기분이 좋아지는 취미인 것처럼.

내 몸뚱이를
물어 버리고 싶은
순간

 수업에서 스지큐와 인사이드 턴과 아웃사이드 턴, 그리고 트레인을 배웠다. 머리에 쥐가 나는 것 같았다. 한마디로 총체적 난국이다. 사부는 회원들이 하나라도 놓칠까 봐 아주 느린 동작으로 설명을 덧붙였다.

 "자, 천천히 해 볼게요. 인사이드 턴은 살세로의 리드에 맞춰 3카운트에 몸을 180도 돌리며 턴을 한 후 7카운트에 제자리 스텝을 밟으면 됩니다. 제가 먼저 시범을 보일 테니 잘 보고 따라 하세요. 자, 같이 해 볼까요? 파이브, 식스, 세븐."

이어서 아웃사이드 턴 설명이 이어진다. 아웃사이드 턴은 인사이드 턴보다 한 박자가 빠르다. 즉, 2카운트에 돌기 시작해서 계속 돌아야 한다. 뭐 하나 제대로 되는 것이 없고 몸이 따라 주질 않자 여기저기에서 한숨을 쉬기 시작한다. 이어서 스지큐 스텝까지. 그나마 스지큐는 따라 할 만했지만, 아쉬움만 가득 남은 채로 수업이 끝났다.

살사바에 가서 배운 걸 복습하려는데 도통 동작이 떠오르지 않았다. 어쩜 하나도 생각나지 않는지… 분명 들을 땐 알고 넘어갔는데 왜 안 되는 걸까? 수업에서 했던 것도 소셜에서 춰 보면 잘 안 되는 것이 있다. 머리로는 알겠는데 몸이 안 따라 주니 이거야 원.

이럴 땐 어떻게 해야 할까? 방법은 하나다. 사부에게 다시 묻는 수밖에. 아무리 쉬운 동작도 한 번에 그냥 되는 것은 없다. 사부가 과정을 찬찬히 다시 설명해 주며 한마디를 덧붙였다. 어떤 패턴은 경험치가 누적되어야 한다고. 그때까지 잘 안 되더라도 그냥 열심히 흉내 내면 된다고.

학창 시절 선생님이 강조해서 말씀하셨던 '복습이 중요하다'는 걸 그때는 흘려들었는데, 살사를 배우며 다시금 그 중요성을 깨닫는 중이다. 살사에서 복습은 수업에서 배운 내용을 잊어버리지 않도록 몸으로 다시 익히는 과정이다. 가장 좋은 복습 시간은 수업 바로 직후다. 수업만 듣는다고 배운 것이 내 것이 되지 않는다. 내 것이 되려면, 내 몸에 새겨지려면 반복 연습이 필수다. 초·중급 수업은 초급을 수료한 모든 이에게 열려 있지만 모두가 그 수준의 댄서가 되는 것은 아니다. 반복해 연습하고 노력한 이들만이 원하는 결과를 얻을 수 있다.

나의
길티 플레져

　"취미가 뭐예요?"라는 질문을 받으면 대답이 망설여진다. 전에는 "자전거요", "독서요", "수영이요", "스노우보드요"라고 당당하게 말할 수 있었는데, 요즘은 약간 머뭇거리다가 대답을 하게 된다. 물론 거짓말을 할 수도 있지만 왠지 그러기엔 싫고 솔직하게 말하자니 상대에게 약간 미안해진다고나 할까? 이런 걸 두고 '길티 플레져'라 하는데, 그 의미가 정확히 무엇인지 궁금해 네이버 어학사전에 검색을 해 봤다. '죄책감을 느끼거나 하면 안 된다는 것을 알지만, 자신에게 만족감을 가져다주는 것, 또는 그러한 행위.'

만족감과 일종의 죄책감을 동시에 느끼게 하는 아이러니한 것, 나의 길티 플래저는 바로 살사다. 살사는 하면서도, 하고 나서도 약간 이상한 기분을 느끼게 만든다. 나는 즐기면서 즐기지 못하는 다른 사람에게 드는 미안한 죄책감일까, 아니면 사람들의 의아한 눈빛을 받으면서도 '살사를 하고 있다는' 만족감을 얻어서일까. 이제부터 내게 살사가 왜 즐거운 죄책감이 되었는지에 대해 고해 보려고 한다.

취미가 뭐냐는 질문에 거짓 없이 "살사요"라고 말하면 사람들의 반응은 대개 두 갈래로 나뉜다. "그거이상한 거 아니냐?"라고 묻는 쪽과 믿기지 않다는 듯놀라는 쪽이다. 나조차도 처음에 살사라는 단어를 들었을 때 연상된 게 '제비'와 '춤바람'이었을 정도로 나쁜 것으로 정의 내렸었다. 물론 직접 그 나쁜 것을 경험하기 전까지만 말이다. 대단하다며 놀라는 쪽도 다

이유가 있다. 130킬로그램의 육중한 풍채를 지닌 사람의 입에서 나와선 안 될 단어가 툭 튀어나왔고, 아무리 들여다봐도 춤과는 전혀 어울리지 않아 보이는 내가 한 말이기 때문이다. 살사가 취미라 하면 열에 아홉은 내 말을 믿지 않았다. 이런 이유로 말하면서 죄책감도 느끼고 동시에 만족감도 느꼈다. 지금은 즐거움이 커져 죄책감의 비중이 현저히 줄어들었지만.

하버드 대학교에는 매년 수강생이 만원인 '행복학' 강의가 있다고 한다. 사람들이 행복을 얼마나 중요하게 생각하는지 알 수 있는 대목이다. 그런데 현대의 많은 사람이 마치 행복하지 않기로 결심한 것처럼 현재를 즐기지 못한다. 특히 우리 사회는 즐기는 것을 죄악시하는 분위기가 존재하는 것 같다. 영화관, 공연장은 단순히 오락을 즐기는 곳으로 생각하는 반면 클럽이나 바에 간다고 하면 저급하게 바라본다. 재충전을 위한 휴가도 마찬가지다. 얼마나 알차게, 그리고 바쁘게 보냈는지를 궁금해하니 말이다.

행복이란 과연 무엇일까. 내 생각에 행복은 살아 있

음을 즐기는 힘인 것 같다. 행복해지기 위해서는 매 순간 살아 있음에 감사하는 여유, 자신에게 야박하게 굴지 않겠다는 결심, 스스로에게 후한 점수를 주는 너그러움이 필요하다. 이 중 어느 하나 쉬운 것은 없다. 그럼에도 우리는 행복해지기 위해 계속 노력해야 한다. 그래야만 행복에 가까워질 수 있을 테니까. 행복은 결코 좋은 스펙을 쌓고 일류 기업에 취업한다고 해서 얻어지는 게 아니다. 행복은 지금 이 순간을 온전히 즐길 줄 아는 사람만이 느낄 수 있다. 내가 살사를 계속하는 것도 이 이유 때문이다.

웰컴
투
썬업

　수업이 끝나고 '딱 세 곡만 더 추고 집에 가야지'라는 생각으로 합류한 정모. 그날도 어김없이 살사바로 들어섰다. 홍대 보니따 안쪽에는 5평 정도의 연습 공간(세뇨리따 홀)이 있다. 스페셜 공연이 있는지 그곳에 20명쯤 되어 보이는 젊은 공연팀이 한창 연습을 하고 있었다. '라틴 속으로'의 회원들이 아닌 타 동호회원들이었다. 위아래 검은색에 하늘거리는 분홍색 카디건을 입은 살세로들과 검정 댄스복에 분홍색 아일릿과 레이스로 포인트를 준 살세라들의 화려한 복장에 눈이 갔다. 특히 살세라들은 반짝이는 은색 귀걸이와 목걸이로 한껏 뽐낸 모습이었다.

세 곡을 추고 나니 보니따 홀에 커튼이 쳐졌다. 곧 공연이 시작된다는 신호였다. 공연 시작 전에 라인 댄스Line Dance 음악이 흐른다. 라인 댄스는 여러 사람이 앞뒤 양옆 대열에 맞춰 동일한 춤을 추는 것을 말한다. 살사처럼 파트너와 짝을 짓지 않으며, 춤 동작이 쉽고 노래에 맞춰 같은 동작이 반복되는 것이 특징이다. 오늘 라인 댄스 음악은 영화 〈더티 댄싱 : 하바나 나이트〉에 나왔던 〈Represent, Cuba〉다. 에브리데이, 에브리데이, 쿠바. 따~라라라라라. 에브리데이, 에브리데이, 따~라라라라라. 4분의 4박자 비트가 흐르자 사람들이 홀 중앙에 모여 너 나 할 것 없이 스텝을 밟기 시작했다. 제일 앞 열에 해당 곡을 모두 숙지한 사람들이 음악을 느끼며 춤을 추고 뒷줄의 사람들도 앞사람의 동작에 맞춰 춤을 춘다. 대형 군무다. 아이돌의 칼군무까지는 아니어도 실제로 보면 수많은 인원이 같은 춤을 추는 장면이 장관이다.

　라인 댄스 음악이 끝나고 사회자가 앞으로 나오더니 축하 무대를 준비해 준 동호회를 소개했다. '라살사'라는 동호회였다. '공연까지만 보고 가야지' 하고 구경하기 위해 자리를 잡았다. 공연 시작을 알리는 멘트가 이어지고 드디어 공연팀이 입장하자 "꺄~~~~~ 휘이" 순식간에 사람들의 박수와 휘파람 소리가 보니따 홀을 가득 메웠다. 공연 입장을 알리는 음악도 흥을 돋우기에 충분했다. 공연팀이 입장한 후 잠시 정적이 흐르고, DJ가 공연 음악을 플레이했다. 빠, 빠라라라, 빠, 빠밤. 분홍색 물결이 춤을 춘다. 살세라들의 샤인, 살세로들의 샤인. 뒤이어 레프트 턴, 크로스첵 등 다양한 패턴이 눈을 사로잡았다. 아는 패턴이 나오면 반가운 마음에 발도 따라 움직여 보고, 멋진 패턴이 나오면 나도 모르게 입을 떡 벌리고 감상했다. 음악과 한 몸이 되어 무아지경에 빠진 채 춤추는 그들을 보면서 감탄을 금치 못했다. 언젠가는 저런 무대에 꼭 서

보고 싶다는 바람을 가지고서.

공연이 끝났다. 모두 그들의 열정에 진심 어린 환호와 박수를 보냈다. 에어컨 3대가 모두 가동된 상태였지만 보니따 홀의 열기는 쉽게 사그라들지 않았다. 이렇게 좋은 걸 왜 이제야 시작했을까. 그동안 어물어물 흘려보낸 시간이 아쉽기만 했다. 30대에 시작했더라면 체력도 지금보다 좋았을 테니 훨씬 더 열정적으로 춤출 수 있었을 텐데. 지금은 40대다 보니 마음과 달리 체력이 달린다.

집에 가려고 하는데 귓가에 아는 곡이 들렸다. '에이, 모르겠다. 딱 한 곡만 더 추고 가야지.' 결국 세 곡만 추고 가려던 나의 계획은 '공연만 보고 가야지'가 되었다가 '한 곡만 더 추고 가야지'가 되었다가 정신을 차려 보니 새벽 1시가 되었다. 이왕 늦은 거 조금 더 춰 볼까? 또 정신을 차려 보니 첫차가 다니는 시간이 되었다. 그야말로 평일 밤을 찢어 버렸다. 이대로 집에 돌아가 씻고 잠깐 잠을 청하고 다시 출근을 준비해야 한다. 그런데도 피곤하다는 생각이 전혀 들지 않

았다. 예전의 나라면 상상할 수 없는 일이었다. 살사에 빠질수록 춤 실력이 느는 게 아니라 귀가 시간만 늦어지고 있다면, 그건 제대로 살사 라이프를 즐기고 있다는 뜻일까?

살사를 시작한 후 경험한 최초의 썬업(아침 해를 보며 살사바에서 나왔을 때 쓰는 표현). 내일의 걱정 따위는 다 버리고 하루를 온전히 불태웠다니. 출근하면서 지난밤 찍은 사진과 영상을 보니 히쭉히쭉 자꾸만 웃음이 새어 나온다. 이제 나도 썬업을 경험했으니 본격 살사인의 반열에 오른 것인가.

재미의
끝판왕

그동안 내가 참여해 본 동호회는 합창, 수영, 자전거, 탁구, 사진, 스노우보드 등 다양하다. 모든 동호회가 나름 개성 있고 재미있었지만, 그건 살사를 만나기 전 재미였을 뿐이다. 살사를 만나기 전 동호회들의 재미를 1이라고 가정한다면 살사는 3 정도라 생각한다. 동호회는 누가 뭐래도 재미의 연속성이 있어야 하는데, 그런 의미에서 살사 동호회는 첫째도 재미, 둘째

도 재미, 셋째도 재미있기 때문이다. 그야말로 재미를
빼놓고는 말할 수 없다.

살사 동호회가 좋았던 이유는 또 있다. 다른 동호회
들은 내 기준 장비 값이 상당했다. 그런데 살사는 초
기 투자 비용이 거의 들지 않는다. 강습비와 몸만 있
으면 된다. 또한 다른 동호회에 비해 상대적으로 날씨
와 시간 제약이 덜하다. 살사바는 실내라서 날씨 영향
을 받지 않으며, 정해진 날짜에만 가는 게 아니라 시
간이 날 때마다 방문할 수 있기 때문이다.

게다가 동호회는 아카데미보다 관계 중심적이라 서
로 밀고 당겨 주는 보이지 않는 긍정의 밀당이 존재
한다. 일방적으로 수업을 받아야만 하는 아카데미보
다 훨씬 인간적이다. 사익을 위해 강사가 직접 운영하
는 아카데미나 영리 동호회들은 운영 수익이 사유 재
산이 되지만, (현재 몇 남지 않은) '라틴 속으로' 같은
비영리 동호회는 운영비와 강사료 등을 제외한 나머
지 수익을 동호회원들을 위해 사용한다. 그래서 아카
데미보다는 회원들이 자발적으로 도와야 할 일이 많

은 것이 사실이다. 대신 수업료가 저렴하고 가족적인 분위기가 유지된다(협동조합의 개념으로 봐도 무방하다). 특히 해마다 새로 뽑는 운영진과 매니저의 역할이 중요하며 이들의 헌신이 없으면 유지가 어려운 단점도 있다. 그래서 신규 회원의 꾸준한 유입이 꼭 필요하다. 동호회원은 광고보다는 알음알음 기존 회원들의 인맥으로 들어오지만, 코로나19 기간에는 2년간 신규 회원 등록이 멈췄던 적도 있었다. 다행히 위기를 넘겨 현재는 잘 운영되고 있다.

동호회의 꽃은 뒤풀이라는 말이 있듯 살사 동호회도 마찬가지다. 살사라는 공통의 관심사가 있어서인지 뒤풀이에서도 살사에 관한 이야기가 끝없이 이어진다. 특이한 건 춤을 추고 뒤풀이를 하러 간 뒤 또다시 살사바를 찾아간다는 점이다. 춤에 대해 이야기하다 또 춤이 추고 싶어 살사바를 가는 열정이란 참으로 대단하다. 그도 그럴 것이 살사바에 가면 춤출 수 있는 대형 홀이 있고, 여름엔 시원하고 겨울엔 따뜻하며, 맛있는 칵테일과 베이스 빵빵한 스피커가 있고, 그날의 분위기를 고조시켜 줄 DJ도 있으니 살사인들에겐 다른 곳이 식상할 수 있다. 그래서 계속 살사바를 찾아다니는 걸지도. 그들에겐 살사바가 천국이고 낙원이자 '올인원'의 행복을 느낄 수 있는 곳일 테니까. 굳이 다른 곳을 찾아 헤맬 이유가 없는 것이다.

그렇다. 재미를 찾아다니다 마지막에 정착한 재미의 끝판왕. 이것이 바로 내가 살사를 추천하는 이유다.

홀딩 신청을
못 해도 괜찮아

한동안 나는 수업만 듣고 살사바에는 가기 싫었다. 홀딩 신청하는 게 여간 어려운 게 아니었기 때문이다. 가뜩이나 낯을 가리는 데다 처음 보는 사람과는 눈도 제대로 마주치지 못하고 말도 잘 못 붙이는 탓에 살사바에 가서 우두커니 서 있는 게 민폐란 생각이 들었다.

처음 두 번은 의무적으로 따라갔지만, 살사바에서 제대로 즐기지 못하고 한쪽에서 맥주만 홀짝이는 내 모습이 왠지 초라하게 느껴졌다. 게다가 그때 나는 고작 앞으로 갔다 뒤로 갔다, 라이트 턴, 레프트 턴, CBL밖에 구사하지 못했기에 남들과 비교가 되었다. 다른 살세로들처럼 자유롭게 밀었다 당겼다도 해 보고 싶고, 멋지게 뒷모습으로 턴도 돌리고 싶었는데 좀처럼 실력이란 것이 나아질 기미가 보이지 않았다. 나의 현재 실력을 인정하지 못하는 조바심이 문제였다. 그 뒤로 수업이 끝나고 살사바에 가자고 하면 핑계를 대기 시작했다. 밤잠이 많아서, 내일 일정이 있어서, 다른 약속이 생겨서…. 그런 내게 사부가 조용히 다가왔다.

"오류 님, 오늘은 살사바에 가실 거죠?"

"아니, 저….."

"오류 님에게 소개해 주고 싶은 사람이 있어요."

"아… 진짜요? 누군데요?"

"가 보면 알아요. 오류 님을 안다고 하던데요?"

과연 여기서 나를 아는 사람이 몇이나 될까? 의아했다. 한편으론 거짓말일지도 모른다고 생각했다. 그래도 속는 셈 치고 그냥 따라가 보기로 했다.

보니따 홀에서는 정규 모임 시작 전 동기들이 스텝을 밟는 중이었다. "오류 님~" 누군가 나를 부르는 소리에 고개를 돌려 보니, 효정 님이었다. 효정 님의 홀딩 신청으로 우리는 함께 3분여를 즐겼다. 이윽고 효정 님이 귓속말로 이렇게 얘기하는 게 아닌가. 주니 사부에게 전해 들으니, 요즘 오류 님이 살사바에 잘 안 나온다고, 사기가 좀 떨어진 것 같다고. 그래서 이렇게 친히 왕림하셨다고. 그러면서 홀딩 신청을 너무 걱정하지 말라며, 출입구 입구에 놓여 있는 스티커에 내 이름을 대문짝만하게 써서 내게 붙여 주었다.

"이거 붙이고 있으면 걱정 없을 거예요!"

해맑게 웃는 효정 님의 의도를 영 몰라 어리둥절해 있는 사이 살사바 오픈 시간이 되었다. 나는 구석으로 가 조용히 맥주나 마시다가 갈 생각으로 앉아 있었다. 그런데 그때, 이상한 일이 벌어졌다. 처음 보는 살세라가 갑자기 내게 홀딩 신청을 하는 게 아닌가. 한 번이 아니었다. 그 뒤로도 두 번, 세 번, 네 번, 계속 홀딩 신청이 이어졌다. 마법 같은 일이 벌어진 것이다. 이게

바로 스티커의 힘인가!

홀딩 신청을 받지 못해 한없이 작아진 내게 스티커는 한 줄기 빛처럼 다가왔다. '저와 한 곡 추시겠어요?'라는 메시지를 보내며 따스한 손길을 내밀어 준 선배 살세라는 날개만 없다 뿐이지 천사와 마찬가지였다. 나를 구원해 주기 위해 하늘에서 내려온 천사. 스티커는 처음 살사를 시작하고 아는 사람이 많이 없는 이들을 위한 배려이자, 스티커가 붙어 있는 사람이 혼자 구석에 있으면 그 사람과 한 곡 춰 주어야 한다는 선배 기수들의 따스한 마음인 것이다. 스티커는 초보나 붙이는 거라며 스티커를 받고도 주머니에 넣었던 지난날이 머릿속을 스쳐 지나갔다. 앞으로는 적극적으로 스티커를 활용해야겠다고 생각했다. 스티커 덕분에 홀딩 신청의 두려움이 한순간에 사라졌으니까.

스티커는 당신이 초보여서 붙여 준 게 아니다. 당신이 살사를 포기하지 않도록 도움을 주는 디딤돌인 셈이다. 모든 것에는 다 이유가 있기 마련이다. 난 오늘에야 그 사실을 깨달았다.

무조건 버티면
승자가 되는
살세로

"일단, 무조건 버텨. 알았지? 무조건 버티는 놈이 이
기는 거야."

살세로는 수업 시작 전에 한 번, 수업이 끝난 후에
또 한 번, 그리고 살사바에 가서 마지막으로 한 번, 이
런 이야기를 듣는다. 왜 사부는 살세로에게 그랬을까.
내가 생각하는 이유는 이렇다.

첫째, 거절에 익숙해져야 하므로

살사는 남자가 리드하는 춤이다. 춤을 추려면 남자는 여자에게 양손을 내밀거나, (친한 사이라면) 눈빛을 보내거나, 아니면 말을 건네거나 하면서 '저랑 한 곡 추시겠어요?'라는 메시지를 전달해야 한다. 그러나 이런 의사 표현을 했는데도 거절당하면 슬프게도 춤을 출 수 없다. 물론 때에 따라서 여자가 먼저 신청하기도 하지만, 여자 사부 혹은 선배 기수들이 사기를 북돋아 주려는 차원에서 나서 줄 때 빼고는 사실 이런 일은 거의 일어나지 않는다.

여기서 명심해야 할 것은 의사 표현엔 승낙만 있지 않다는 것이다. 거절도 포함된다. 그러니 상대가 거절할 수 있다는 걸 늘 염두에 둬야 한다. 거절 확률을 낮추려면 아는 사람하고만 춤을 추어야 하는데, 이건 불가능한 일이다.

이런 부담감을 견뎌야 하는 건 오로지 살세로의 몫이다. 거절당하면 자존감이 바닥으로 추락하고 좀처럼 받아들이기가 쉽지 않다. 하지만 거절도 계속 당하

다 보면 별일 아닌 게 된다. 그러니 미리 걱정할 필요
는 없다. '승낙'을 전제로 하지 않으면 오히려 결과를
덤덤하게 받아들일 수 있다. 기본값이 '거절'이고 변
수가 '승낙'인 상태로 말이다. 이 상태에 익숙해지면
어느 곳에 가서도 어렵지 않게 춤을 신청할 수 있다.

둘째, 조급해하지 말라고

3개월쯤 살사를 배우면 대부분 구사할 수 있는 패
턴은 많아야 3~4개 정도다. 물론 이보다 많은 패턴을
배우지만, 배운다고 바로 적용할 수 없다는 게 문제다.
보통은 3~4개의 패턴으로 노래 한 곡을 소화해야 하
다 보니 같은 동작이 반복될 수밖에 없다. 그러면 살
세로는 살세라가 지루해하진 않을까 걱정을 하게 된
다(정작 살세라는 그렇지 않을 수도 있다).

그런데 이런 생각이 떠오르면 춤에 집중하지 못하
고, 옆에서 나보다 멋진 패턴을 구사하는 다른 살세로
들에게 시선을 빼앗긴다. 그들의 화려한 패턴을 보면
서 나의 실력이 늘기만을 바라게 되고, 이런 상황이

지속되면 덩달아 자신감도 떨어진다.

모든 운동이 그렇듯 사람마다 몸에 익을 때까지 걸리는 시간이 다르다. 어떤 이는 타고난 운동 신경 덕분에 1개월 만에도 실력이 느는 게 보였고, 어떤 이는 아무리 가르쳐 줘도 항상 제자리걸음이었다. 나의 경우는 후자에 속했다. 가르침을 받을 땐, 즉 수업에서는 얼추 되는 것 같지만 살사바에 도착한 순간 언제 그랬냐는 듯 패턴이 기억나지 않았다. 이럴 때 방법은 한 가지뿐이다. 될 때까지 무한 반복. 반복을 통해 낯섦을 익숙함으로 만드는 것이다. 그러면 조급한 마음이 조금은 사라진다.

셋째, 자책하지 말라고

살세로는 춤을 리드해야 하는 부담을 자주 느낄 수밖에 없다. 그런데 부담이 가중되면 스텝이 엉키기도 하고, 살세라의 손을 제때 들어 주지 못해 동선이 꼬이기도 하고, 박자를 놓쳐 파트너와 옆 사람에게까지 피해를 주게 된다. 발을 밟거나 중심이 흐트러지거나 서로 부딪히는 경우도 생긴다. 이런 실수를 할 때마다 얼굴이 활활 타오르고 참 당혹스럽다. 그러면 파트너에게 고개를 숙이기도 하고 머쓱하게 웃기도 하면서 넘긴다(사실 속으로는 어서 이 곡이 끝나기만을 바란다).

그런 순간에 내 안의 열등감도 슬슬 고개를 든다. '나는 왜 배워도 제자리걸음일까?' 하며 자책하는 것이다. 현실은 베이직을 벗어나지 못하면서도 어서 남들처럼 자유롭게 춤추고 싶다는 욕망에 사로잡힌다. 패턴만 잘하면 금세 저들처럼 될 것 같은데, 패턴만 익히면 나도 저들처럼 리드할 수 있을 텐데, 하고 바라게 된다. 하지만 모든 취미가 그렇듯 배운 대로 바로바로 실력이 늘지 않는다. 하나의 동작이 자연스러워지기까진 그만큼 시간이 필요하다.

그러다 연습이 아닌 다른 것으로 부족한 실력을 채우려고 한다. 타 동호회에 잘 가르치는 선생님이 있다면 그리로 가 수업을 듣는다. 귀가 팔랑거리면서 악순환이 시작되는 것이다. 사부들은 이런 반응이 감지될 때를 기막히게 알아챈다. 그들 또한 처음 춤을 배우던

시절이 있었기 때문이리라. 그럴 때 살세로의 조바심을 잠재우기 위해, 집 나간 마음을 다시 돌려놓기 위해, 엄한 데로 떠나는 것을 막기 위해 조금만 더 버티면 잘할 수 있다고 다독인다. 자신 또한 예전에 그랬다면서 자책할 필요 없다고, 별거 아니라고 조언한다. 마치 정상에서 하산하는 등산객이 산을 오르는 사람에게 건네듯 '이제 진짜 거의 다 왔다'라고(그게 사실이 아니어도 그때만큼은 믿기로 한다).

《멘탈의 연금술》를 쓴 보도 새퍼는 말한다. 실력이 느는 과정은 학교 시스템과 비슷하다고. 1학년에서 2학년으로, 그리고 3학년으로 올라가는 것이라고. 실력이 좋아질수록 더 큰 경기에 나갈 수 있지만 많은 사람이 중간에 포기하는 이유는 모두가 더 큰 경기에 나갈 궁리만 할 뿐 더 큰 경기에 걸맞은 실력을 갖췄는가에 대한 검토엔 인색하기 때문이란다. 그래서 목표는 언제나 '실력을 갖추는 것'으로 잡아야 한다고.

버티려면 무심해야 한다. 그래야 일희일비하지 않

는다. 무심해야 오래가고 오래가야 결국 실력이 는다. 실력은 정직하다. 한순간에 나아지지 않는다. 지루한 반복을 견뎌 낸 사람만이 결국 어느 지점까지 도달할 수 있다. 단기간에 실력이 느는 마법 같은 건 없다. 단기간에 스킬을 늘려 주는 선생님도 없다. 그런 건 드라마나 영화에서만 일어날 법한 일이다. 실력은 땀 흘린 시간만큼 는다. 살사의 세계에서도 다르지 않다. 이것이 살사를 추며 배운 삶의 교훈이다.

2장

정열적이고

고혹적인

살사의 세계

춤에
재능 따위
없어도

　진짜 재능은 노력에서 비롯된다고 생각한다. 춤에
재능이 없는 내가 살사를 지속할 수 있는 것도 순전히
노력의 결실이기 때문이다. 간혹 사람들은 TV를 보면
서 아이돌을 부러워한다. 부모에게 물려받은 잘생김
과 예쁨 덕분에 쉽게 저 자리에 올랐겠거니 착각한다.
편협한 사고다. 과연 그들이 타고난 것만으로 유명해
졌을까? 남다른 유전자를 물려받은 건 맞을 수 있다.

그런데 그들에게는 특별한 게 하나 더 있다. 바로 '노력'이라는 유전자다. 음악 방송 1위에 오르기 위해 천일을 넘게 연습하고, 매일매일 식단과 운동을 병행해 몸을 가꾸고, 견디기 힘든 환경도 버텨 내는 그런 유전자 말이다.

살사도 마찬가지다. 타고난 춤 실력이 없어도 지레 겁먹을 필요가 전혀 없다. 어느 정도까진 노력으로 극복이 가능하다. 내 경험을 얘기하자면 지난 4월에 초, 중, 마스터 수업의 수료식이 있었다. 공연까지는 아니고 그동안 모두가 수고했다는, 수업 과정을 잘 마쳤다는 의미로 축하하는 자리였다.

그런데 이 수료식에 한 번 서기 위해 동호회원들은 하루에 2시간씩 연습을 했다. 그러면 몸 이곳저곳 안 아픈 곳이 없다. 게다가 거의 매일 음악에 맞춰 춤을 추다 보니 머릿속에서는 하루 종일 음악이 돌아가고 앞에 파트너가 없더라도 혼자 상상하면서 춤 선을 그리게 된다. 심지어 자면서 꿈속에서도 춤을 춘다. 정기 공연이 아니라 그냥 우리끼리의 발표회인데도 말이다. 무슨 이득을 보겠다고, 돈이 생기는 것도 아닌데 남들 앞에서 배운 걸 선보인다는 설렘 하나로 연습을 거듭한다. 공연을 해 본 사람은 알 것이다. 단 몇 분의 무대를 위해 얼마나 많은 시간을 들여야 하는지. 실수와 눈물과 땀이 배어 있는 노고의 시간을 말이다.

노력하는 사람은 안다. 당장은 남들보다 조금 늦을지 모르지만 언젠가는 자신이 원하는 결과를 손에 쥘 수 있다는 걸. 꼭 그렇지 않더라도 노력하는 과정에서 얻은 경험과 노하우가 언젠간 도움이 될 거란 걸. 그리고 그런 것들이 계속 노력해야 할 이유가 된다는 걸 말이다. 타고난 춤 재능은 없어도 노력하는 재능이 있어서 다행이다.

다양한 색의
향연

  '라틴 속으로' 동호회원들만 보더라도 다양한 분야의 사람들이 모여 있다. 태권도 관장님, 초등학교 선생님, 은행원, IT 개발자, 음식점 사장님, 의사, 변호사, 대학 교수, 사진 작가, 회사원, 주부 등. 살사를 시작했다가 살사가 너무 좋아 가르치기에 이른 사람도 있다. 숨겨진 재능을 발견한 것이다. 또 매주 목요일 함께 와서 춤을 추고 돌아가는 부부도 많다. 이때 암

묵적인 룰은 서로 처음 한 곡만 함께 추고 그 이후부터는 다른 사람과 추는 것이다. 살사를 추러 오기 전 다툼이 있었던 부부도 함께, 또 따로 추면서 쌓였던 앙금과 스트레스를 말끔히 날리고 돌아간다. 집으로 돌아갈 땐 언제 그랬냐는 듯 환하게 웃어 보인다.

동기인 '스파'는 아이 셋의 아빠다. 그는 운영진을 맡고 있는데, 스파의 아내도 다른 동호회의 운영진이다. 아내가 먼저 살사의 재미에 빠졌고, 급기야 살사를 가르치다가 결국 운영진이 되었는데, 그녀를 지켜보던 스파도 호기심에 살사를 시작해 지금에 이르게 된 것이다. 부부는 날짜를 정하거나 시간을 배분해서 아이들을 돌보며 살사를 즐긴다. 아주 가끔 부부가 함께 오는 날에는 아이들을 데리고 올 때도 있다. 이 부부를 보며 나도 나중에 저랬으면 좋겠다, 하고 꿈꾸기도 한다.

또 두 딸을 둔 로제 누나는 원인 모를 병을 앓으며 한동안 아팠다고 했다. 그 일을 계기로 여태 가족을 돌보느라 정작 자신을 돌보지 못했음을 알아차렸

고, 자식에게 최고의 엄마는 뒷바라지만 하는 엄마가 아닌 엄마 자신이 행복하고 즐거운 인생을 사는 거라는 사실을 깨달았다고 한다. 그래서 그 이후로는 자신이 하고 싶은 일을 맘껏 하며 지내는데, 그중 하나가 살사였다고. 한번은 살사 공연날 로제 누나가 대학생 두 딸과 함께 있길래 혹시 딸들에게도 살사를 추천할 거냐고 물었더니, 망설임 없이 그렇다고 대답했다.

살사라는 공통의 관심을 함께 즐기기 위해 모인 사람들. 한국 사회는 스무 살이 넘으면 낯선 사람들과 무작위로 섞이는 기회가 극히 적다. 비슷한 가방을 들고 비슷한 메뉴를 고르며 비슷한 드라마를 보는 사람끼리 어울린다. 결국 생각 또한 비슷해지기 마련이다.

그런데 살사를 배우는 동안에는 동류 집단을 벗어나 낯선 배치에 놓이는 기회가 주어진다. 저마다 다른 삶의 이력을 갖고 있는 사람들이 고단한 삶에 쉼표를 찍고자 나와 서로 마주한다. 태권도 관장과 프로그래머가 만나고, 공무원과 예술가가 친구가 된다. 의사와 선생님, 변호사와 작가가 함께 춤춘다. 그렇게 다른 감각, 다른 경험, 다른 문화가 뒤섞인다. 이런 외부 자극과 내적 감응이 보이진 않지만 우리의 세포 하나하나를 깨워 주고, 우리를 좀 더 성장하게 만든다. 좋아하는 것을 하며 긍정적인 에너지를 주고받으면, 누구는 강의로, 누구는 글로, 누구는 만화로, 누구는 코칭으로 다시 또 나눈다. 이것이 진정한 선순환의 모습이 아닐까.

살사의
세계에
빠지면

　"이 세상은 등가 교환의 법칙에 의해서 돌아가. 우리가 뭔가 갖고 싶으면 그 가치만큼의 무언가를 희생해야 된다는 거야."

　드라마 〈눈이 부시게〉의 대사 중 일부다. 경제학 용어인 등가 교환은 같은 가치의 무엇이 교환되는 것을 의미한다. 이것을 일상에 대입해 보면 무언가를 갖는 대신 반드시 무언가는 손해를 볼 수밖에 없다는 말이

된다. 양손에 동전을 꼭 쥐고선 아무것도 얻을 수 없다는 말이다. 그런데 살사를 하고부터 내게는 이런 등가 교환의 법칙이 무의미해졌다. 다음과 같은 일들이 벌어지면서 오히려 손해를 보더라도 더 잘하고 싶은 마음이 커졌다.

살사가 좋아질수록 일상이 구조 조정된다

살사를 좀 더 잘 추고 싶은 마음에 배움에도 욕심이 생긴다. 유튜브와 넷플릭스를 보는 대신 수업 시간에 배운 살사 영상을 보는 게 일상이 되었다. 버스나 지하철을 기다리면서 귀에 이어폰을 꽂고 수업 시간에 배운 동작들을 찾아보며 발을 움직인다. 횡단 보도에서도, 엘리베이터를 기다리면서도 잠깐의 틈만 생기면 배운 동작들을 떠올려 연습한다. 자연스럽게 몸에 배어 나올 정도로 반복하는 것이다. 짧더라도 시간이 허용되면 모든 공간이 살사 연습장으로 변한다.

만약 여기서 약간 더 미치면, 회사의 비상구를 자주 찾게 된다. 사무실을 벗어나 잠깐이나마 일탈의 공간에서 마구 스텝을 밟아 보는 것이다. 일과를 마치고 자려고 누우면 천장에 패턴이 그려진다. '왜 왼손으로 잡을 때랑 오른손으로 잡을 때 패턴이 반대지?' 이런 생각을 하다가 어느새 잠이 든다.

살사 수업 단톡방을 자주 들여다본다

살사인들이 주고받는 이야기에도 관심을 기울인다. '라틴 속으로' 단톡방에 벙개 공지가 안 올라오나, 오늘은 무슨 재미난 이벤트가 있나를 수시로 살핀다. 다른 사람들과의 수다보다 살사인들과 수다 떠는 게 훨씬 재밌기도 하고.

살사와 관련된 게 우선이 된다

약속이 그렇다. 사실 친구와의 약속과 살사인과의 약속 중 택하라면 요즘엔 후자에 더 마음이 간다. 한 번은 맛 칼럼니스트 모임의 형들이 '종로계림닭도리탕' 벙개를 제안했는데 살사를 시작하기 전이였으면 당장 달려가겠다고 했겠지만, 선뜻 그러지 못했다. 맛

있는 음식을 먹으며 나누는 수다가 예전엔 1순위였으나 살사를 만난 후로는 2순위로 밀려났다. 만약 오늘 음식을 과하게 먹으면 분명 다음 날 피곤할 것이다. 내일은 수업과 정벙이 있는 날이고, 가능하면 좋은 컨디션으로 수업에 참석하고 싶고 정벙도 즐기고 싶은 마음이 앞선다. 먹방 벙개가 한 가지를 만족시켜 준다면 살사 수업과 정벙은 두 가지, 아니 세 가지를 충족시켜 주기 때문이다.

기억하자. 무언가를 얻기 위해선 반드시 무언가를 희생해야 한다는 걸. 원하는 걸 얻으려면 그것에 시간을 들이고 노력해야 하는 게 세상 이치다. 세상만사가 다 그렇듯 거저 얻어지는 건 없다. 무언가를 얻기 위해선 손해 볼 무언가를 반드시 생각해 봐야 한다. 그런데 손해를 보더라도 살사를 잘 추고 싶다. 정말이다.

세상에
단 하나뿐인
생일 파티

살사의 세계에는 아주 특별한 생일 파티가 있다. 매달 첫 목요일('라틴 속으로' 정모가 있는 날), 그 달의 생일자들을 위한 파티가 열린다. 보니따에서 대략 밤 10시쯤, 예정되어 있던 축하 공연이 끝나면 사회자가 그 달의 생일자들을 무대 중앙으로 불러낸다. 생일자들은 무대 중앙에 모여서 축하를 받고 생일 케이크를 자른다. 그리고 이어지는 대망의 하이라이트! 바로 생일 축하 댄스 퍼레이드다. '퍼레이드'라고 이름 붙인 이유는 생일자 한 사람을 위해 사람들이 줄지어 대기하는 모습이 흡사 퍼레이드 같기 때문이다.

생일자와 춤을 추기 위해 사람들이 기다란 줄을 만든다. 살세라가 생일자면 살세로가 줄을 서고, 살세로가 생일자면 살세라가 줄을 선다. '나와 춤을 추기 위해 기다리는 사람이 이렇게나 많다니!' 착각이 들게끔 말이다. 생일자와 안면이 있거나, 수업 동기이거나, 한 번이라도 춤을 춘 적이 있다면 모두 대기 줄에 선다. 적게는 4명, 많게는 10명까지도 줄을 선다. 이날만큼은 생일자를 주인공으로 만들어 주기 위해 모두가 돌아가면서 함께 춤을 추며 축하를 해 준다. 그 모습이 마치 영화 〈라라랜드〉의 두 주인공이 고속도로에서 춤을 추는 장면과 닮기도 했다.

아는 사람이 몇 명 없어도 괜찮다. 사부들이 당신과 함께 춤춰 줄 것이므로. 정말 운이 좋다면 금발의 외국인과도 춤을 출 수 있고, 방금 공연을 선보인 팀 멤버와도 춤을 출 수 있다. 함께 춤을 즐긴다는 이유로

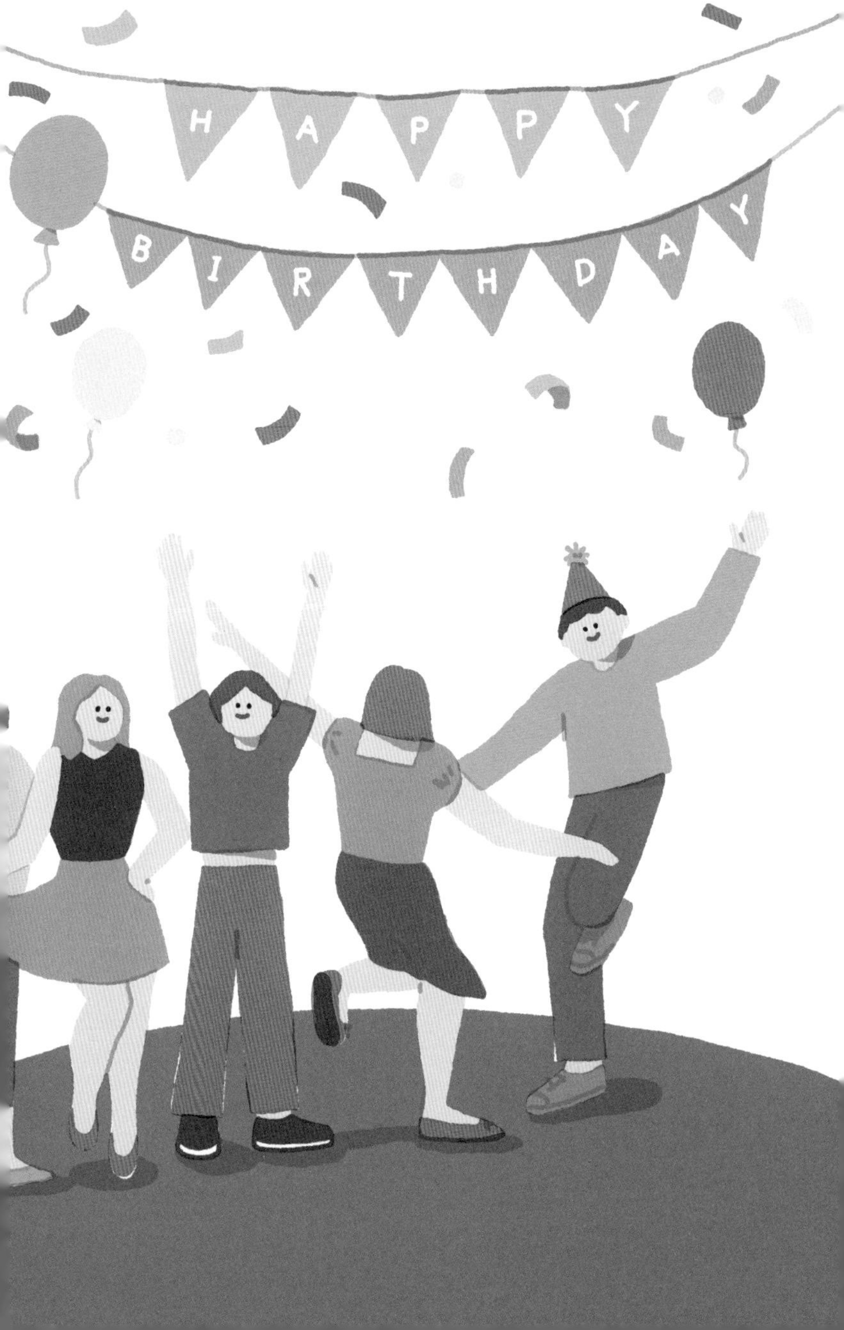
HAPPY
BIRTHDAY

모두가 하나되어 생일인 사람을 축하해 준다.

세상에 단 하나뿐인 생일 파티를 경험하고 싶다면, 한 번도 이런 이벤트를 경험해 보지 못했다면, 이곳으로 오시라! 춤추는 것도 즐거운데 이렇게 멋진 생일 파티를 경험해 볼 수 있다니, 솔깃하지 않은가. 그저 살사를 시작하기만 하면 당신도 그 주인공이 될 수 있다.

동호회
활동의 재미,
급벙

살사 동호회 활동을 하다 보면 정모와 정벙 외에도 또 다른 재미가 하나 더 있다. 바로 급벙(급하게 만든 모임)이다. 급벙을 해서 꼭 그날 함께 살사를 추자는 것도 아니다. 어떤 날은 고기 벙개가 생기기도 하고, 어떤 날은 공연 관람 벙개가 생기기도 하고, 그 형태도 다양하다. 보통은 날씨 좋은 날이나, 일을 마치고 오늘은 왠지 곧바로 집에 들어가기 싫은 사람이 급벙

을 제안한다. 급벙 모임 지역도 다양하다. 맛집이 즐비
한 구로디지털단지도 대표 장소 중 하나지만, 가장 많
이 언급되는 곳은 단연 홍대다. 가끔은 신도림역, 수유
역, 왕십리역 근처에서도 급벙이 있다.

급벙 파티원 모집
- 장소 : 노루목황소곱창(홍대) / 메뉴 변경 가능
- 시간 : 8시 이후(모이는 시간 봐서 이동, 3인 이상 진행)
- 릴레이에 홍대 도착 가능 시간 적어 주세요. 릴레이 8시
  까지 받을게요.

주로 오후 4시경에 위와 같은 공지들이 올라온다.
급벙에서 같은 동호회의 사람을 만나기도 하고 동호
회인의 지인을 만나기도 한다. 회사 동기에게 이끌려
나왔다거나 오늘 왠지 한잔이 생각나서 합류했다거나
하는 여러 이유로 새로운 사람들이 모인다. 그렇게 인
연이 이어져 다음 살사 수업 신청으로 발전하기도 한
다. 이렇게 다양한 사람이 모이면 살사에 관한 이야기

도 풍성해진다. 같은 것을 좋아하고 공유하는 시간 자체가 즐거운 것이다. 어제 배운 패턴이 어렵다거나 수업하다가 실수한 이야기도 이곳에서는 서슴없이 꺼내 놓는다. 창피할 게 없다. 갓 살사에 입문한 초급자의 고민도 들어주고, "그 패턴은 이렇게 하면 좀 나아"라며 어려운 동작도 잘할 수 있게 기술을 알려 주니 말이다. 모두가 한마음으로 응원을 아끼지 않는다. 그만큼 좋은 기운을 얻어 갈 수 있다.

PT보다
Party People로

[안녕하세요. 살사 댄스 초보인데요. 혹시 다음 주부터 참석해도 괜찮을까요? 오늘 정말 가고 싶은데 PT 예약해 놓은 걸 깜빡해서요.]

어떤 분이 첫 수업을 오고 싶은데 PT를 예약해 놓은 걸 잊어버려서 부득이하게 다음 주부터 참석하겠다고 글을 올렸다. 그 글을 본 '라틴 속으로' 매니저가 이렇게 답을 달았다.

[PT보다 살사가 재밌지 않을까요?]

어머, 어쩜 이런 진솔한 답변을. 그렇다. PT보다 백배는 더 재밌는 살사. 뒤이어 이런 글도 올라온다.

[파티라니! 재밌겠다!]

'PT'를 '파티'로 잘못 읽은 사람이 쓴 것이다. 우습게도 살사인들 사이에서는 퍽 익숙한 일이다. P 자만 보아도 '파티'라고 인식한다. 그도 그럴 것이 매주 아니면 한 주 건너 살사바마다 다양한 파티가 열린다. 파티가 열리는 날이면 살사바도 시끌벅적해진다. 원래도 살사바는 열기가 대단하지만, 파티 날은 평소보다 몇 배로 에너지가 넘친다. DJ의 선곡에 맞춰 무대로 나와 춤을 추는 사람들, 공연을 준비하는 사람들, 동호회원의 초대로 처음 살사바를 방문한 사람들까지 모두가 흥겨운 분위기를 느낄 수 있다. 또 파티에는 외부 동호회의 공연이 포함되는 경우도 있고, 가끔 해외에서 인스트럭터들이 내한해 오픈 강습이 이어지기도 한다.

어느덧 나도 파티를 익숙하게 받아들이는 살사인이

되었다. 누구나 살사를 하다 보면 자신이 주인공이 되
는 마법 같은 순간을 마주할 수 있다. 파티 속 Party
People이 되어 즐겁게 함께하는 시간 말이다.

살사에서
배우는
기본 에티켓

살사는 커플 댄스다. 성별이 다른 두 사람이 함께 추는 춤이니만큼 기본 에티켓을 지키는 것은 필수이자 상대방에 대한 최소한의 배려다. 어떤 에티켓들이 있는지 살펴보자.

먼저, 호칭이다. 나이가 많고 적고를 떠나 모든 사람에게 '○○ 님'이라고 부른다. 어느 정도 시간이 지나 편하게 불러도 되는 사이가 된다면 그때는 존칭을 생략하고 이름을 불러도 괜찮지만 그때가 되기 전까진 호칭에도 예의를 지켜야 한다. 살사에서 호칭은 가장 기본이 되는 에티켓이니 반드시 기억하자.

두 번째는 섣부른 지적을 하지 않는 것이다. 쓴소리를 듣고도 기분 좋은 사람이 얼마나 될까. 부족한 점을 알고 있더라도 우선 지적을 받으면 기분이 나쁘다. 어느 누구를 막론하고 말이다. 그런데 살사에서 알게 된 동기들과 좀 친해졌다고, 자기가 좀 더 오래 했다고, 상대에게 혹은 동기에게 패턴이 어떻다느니, 그럴 땐 이렇게 해야 한다느니 훈수를 두면 어떻게 될까? 그러면 그와는 두 번 다시 춤을 출 수 없게 될지도 모른다. 이는 사회생활에서도 지켜야 할 예의다. 상대가 원하지 않는 조언, 섣부른 지적은 하지 않는 게 낫다. 그러니 주의하고 또 주의하자. 그것이 비록 선의일지라도 상대에겐 아닐 수 있다.

세 번째는 개인 위생이다. 대표적으로 입 냄새, 땀 냄새, 담배 냄새 등 냄새와 관련된 것이 여기에 해당한다. 파트너와 비교적 가까운 거리에서 춤을 추는 살사에서 이런 냄새는 절대 사절이다. 그중에서도 춤추기 전 구강 청결은 꼭 확인하자. 오늘 내가 뭘 먹었는지 상대방한테 알려 줄 필요는 없으니까. 만약 구강 청결제를 챙기지 못했다면 화장실에 비치된 가글을 이용하면 된다. 특히 흡연자들은 입뿐만 아니라 손에서도 냄새가 나니 춤추기 전에 한 번 더 씻는 센스를 발휘해야 한다. 또한 땀이 많이 나는 사람은 여분의 옷을 미리 준비하는 것이 좋다. 춤을 추다 보면 땀을 피할 수 없지만, 너무 흠뻑 젖은 채라면 서로가 불편하지 않겠는가. 그러니 개인 위생은 개인이 잘 챙기자.

　네 번째는 복장이다. 편한 게 최고라고 하지만 상대방에게 혐오감을 줄 수 있는 복장은 안 된다. 예를 들어, 다리털이 무성한 채로 반바지를 입는다든지, 가슴털이 훤히 보이는 티를 입는다든지, 제아무리 패션이라지만 누가 봐도 민망한 복장은 사절이다. 살세라의 경우 과하게 펄럭이는 치마, 타이트한 스키니진 등이 이에 포함된다. 또한 신발은 전문 댄스화나 실내화를 착용해야 한다. 슬리퍼나 하이힐처럼 밖에서 신던 신발을 그대로 신는 것은 매너가 아니며, 실외화를 신으면 춤을 추다가 자칫 크게 다칠 수도 있다.

다섯 번째는 불쾌한 스킨십이다. 살사는 빠른 비트의 커플 댄스이기 때문에 스킨십에서 완전히 해방되기는 어렵다. 다만 불순한 의도를 가지고 하는 행동은 파트너가 다 알 수 있다. 상대방을 불편하게 하는 그런 스킨십은 결국 영구 제명과 출입 금지로 가는 지름길이 될 수 있음을 명심하자.

여섯 번째는 술이다. 살사바는 기본적으로 술을 판매하는 곳이다. 적당한 음주는 기분을 업시키고 용기를 갖게 하며 춤을 더 즐길 수 있게 하지만, 과도한 음주는 해가 된다. 이는 뒤풀이에서도 마찬가지다. 술로 인해 서로 간에 문제가 생기지 않도록 스스로 자제해야 한다. 억지로 술을 권유해서는 안 되며, 회비는 깔끔하게 N분의 1로 나누면서 기분 좋은 술 문화를 만들어야 한다.

마지막은 파트너다. 나와 잘 맞는다는 이유로 한 사람과 춤을 계속 추는 건 실례다. 연습을 핑계로, 궁금한 패턴이 있다는 이유로 상대방을 귀찮게 하는 행동은 삼가는 것이 좋다. 궁금한 점은 사부에게 물어보면 된다. 친한 동기하고만 계속 춤을 추거나 선 기수를 붙들고 있는 등 한 사람을 독점하면 여러 사람에게 민폐가 된다. 특히 이는 파트너에게 다른 사람과 춤출 수 있는 자유를 억압하는 것과 같다. 배려와 예의는 춤의 기본이다. 누구라도 예외는 없다.

뜻밖의
칭찬이
돌아왔다

"어제 정모에서 저 붙잡고 안 되는 거 고민하고 다시 시도해 보고 하신 오류 님, 에피 님, 프랭크 님 칭찬한 보따리 드립니다. 뭐든 처음이 쉽지 않지만, 우리 그 지점을 함께 잘 넘겨 봐요."

칭찬을 받았다. 그저 안 되는 걸 물어봤을 뿐인데. 보통 현실에선 잘 일어나지 않는 이런 일이 살사의 세계에선 자주 벌어진다.

질문은 모르는 것을 물어서 알려는 목적을 갖고 있다. 그런데 이렇게만 생각한다면 질문이 가진 힘의 절반밖에 모르는 것이다. 질문을 제대로 할 수만 있다면 우리는 때로 사고 싶은 물건을 좀 더 싸게 살 수도 있고, 사랑하는 사람이나 친구, 혹은 직장 동료나 상사, 부하와의 관계를 좀 더 건강하게 만들 수도 있다. 즉, 제대로 된 질문은 관계를 좋게 만들어 주고, 원하는 도움을 얻거나 목표를 이루는 데 도움을 준다. 그래서 나는 이런 질문의 순기능을 살사를 배울 때 적극 활용하려고 노력한다.

춤은 금세 늘지 않는다. 그날 배운 것도 수업이 끝나면 잊어버릴 때가 많다. 분명 수업 때 잘되던 것도 살사바에만 가면 백지상태가 되곤 한다. 그런데 이게 정상이다. 안 쓰던 근육을 쓰고 평소 하지 않았던 동작을 해야 하기에 몸에도 적응할 시간이 필요하다. 그럴 땐 사부의 능력을 적극 활용하면 된다. 용기 내 사부에게 홀딩 신청을 하는 것이다. 살사를 배울 땐 안 되는 게 어떤 건지 알고 그다음 스텝으로 넘어가는 것이 중요하다. 사부의 조언을 너른 마음으로 포용하는 게 필요하다. 잘 모른다고, 잘 못 한다고 속상해하고만 있는 것보단 그 편이 부족한 부분을 채우는 데 도움이 된다.

사실 내가 개선해야 할 점을 알려 주는 상사나 동료, 후배가 곁에 있다면 엄청 고마워해야 한다. 대다수는 나를 생각해 그런 피드백을 직접 하는 수고로움보다는 뒤에서 욕하는 쪽을 택하기 때문이다. 사부의 잔소리는 피드 포워드와 같다. 피드 포워드는 향후 나의 개선 방향에 대한 제안을 뜻한다. 우리가 백미러로 뒤만 쳐다보면서 운전할 수 없듯이 중요한 것은 앞으로의 내가 어떻게 하면 나아갈 수 있을지에 대한 제안이 아닐까.

사부와 홀딩하는 건 왠지 '어떻게 이런 것도 몰라?' 하면서 핀잔을 들을 것 같아 여전히 두렵다. 하지만 그 두려움을 극복해야 달라질 수 있다. 사실 진짜 두려워해야 할 것은 사부의 핀잔이 아니라 포기하는 것 아닐까. 그런데 여태 많은 것을 포기하며 살지 않았나.

이제야 이렇게 재밌는 걸 만났는데 여기서 포기한다니, 말도 안 된다.

뭐든 익숙해지기까지 시간이 걸리기 마련이다. 자전거 타기를 떠올려 보면 쉽다. 처음엔 보조 바퀴를 달고 타다가 살짝 바퀴를 지면과 띄워 타다가 결국엔 바퀴 없이 타게 되는 날이 온다. 자전거로 치면 사부는 보조 바퀴의 역할을 한다. 그러니 두려워 말고 홀딩 신청을 해 보자.

사실 사부도 싫은 소리를 하고 싶지 않을 것이다. 의욕을 꺾고 포기를 종용하는 건 아닐지 생각할 것이다. 도움을 주려고, 좀 더 잘했으면 하는 마음으로 해 주는 말이니 편견 없이 듣는다면 달라질 수 있다. 이왕 시작한 거 더 나은 댄서가 되리라 다짐하면서.

원정 출바의
재미

홍대만 하더라도 살사바가 많다는 걸 살사를 시작
하고 나서야 알았다. 평소에 그렇게 홍대를 가 봤어도
관심이 없을 때는 하나도 보이지 않던 살사바가 살사
를 시작하고 나니 눈에 들어왔다. 홍대 살사바의 대표
격인 보니따를 제외하고도 하바나, 홍턴, 마콘도 등 다
양한 살사바가 있다.

살사를 시작하고 알게 된 또 하나의 재미는 '원정

출바'다. 축구 선수들이 원정 경기를 가듯 살사인들도 원정 출바를 간다. 살사바마다 특색이 있어 새로운 곳을 방문해 살사를 추는 것이 무척 흥미롭다.

올해로 28년 된 살사바 '하바나'는 음악 맛집으로 통한다. 요즘은 음악 스트리밍 플랫폼을 통해 음악을 트는데 하바나는 아직도 CD로 음악을 튼다. 스트리밍 음악보다 CD가 음질과 음향이 좋다고 생각하는 사장님의 고집에서다. 그래서일까. 하바나의 선곡은 한 곡도 거를 타선이 없을 정도로 좋다. 게다가 바 규모가 작아 과거 '한 뼘 살사'로 명성을 날리기도 했다. 당시 살사 고수들이 한 뼘 공간만 있으면 서로 부딪히지 않고 살사를 즐길 수 있다는 걸 보여 준 역사가 깊은 곳이다. 세월이 흘러 살사 인구도 줄고 주변에 다른 바들이 많이 생기다 보니 그 명성이 예전만 못하다고는 하지만, 그 역사만큼은 대단하다.

서울뿐만 아니라 지방에도 유명한 살사바가 있다. 대전의 18년 된 살사바 '노체'는 대전의 춤꾼들이 파티 소식만 들으면 모인다는 곳이다. 대전에 위치해 있

홍대중심 살사바 지도

다고 해서 대전에 거주하는 춤꾼들만 모이는 것도 아니다. 지방은 서울보다 작지만 근교에 사는 춤꾼들이 함께 출동해서 서로 도움을 주기도 한다.

아직 초급이라고, 실력이 안 된다고 여겨 자주 가던 바만 갔다면 이참에 용기를 내 다른 살사바를 가 보는 건 어떨까. 거기엔 또 다른 음악, 다른 사람, 다른 분위기가 기다리고 있을 테니까. 또한 멋진 공연과 맛있는 음식은 덤이다. 여담이지만, 얼마 전 보니따도 스물네 살 생일을 맞았다. 어찌 그냥 넘어가겠는가. 소고기 조랭이떡 미역국, 가다랑어포 주먹밥, 보니따 황금란, 어묵 떡볶이 등 생일을 맞아 준비한 음식만 해도 어마어마하다(평소 보니따를 찾는 살사인들의 협찬으로 생일상이 만들어졌다).

뭐든 오래된 것은 많은 사람으로부터 사랑을 받아 왔다는 공통점을 갖고 있다. 보니따가 지금껏 유지된 것도 같은 이유일 것이다. 이곳이 누군가의 추억이 깃든, 누군가에겐 즐거움을 주는 공간으로 영원히 남길 바랄 뿐이다.

라틴음악이
시작되면

노래가 흘러나오면 지그시 눈을 감는다. 제일 먼저
고개가 앞으로 뒤로 반응한다. 어깨와 허리가 자연스
레 움직인다. 왼발을 뗀다. 오른발이 뒤따른다. 음악과
내가 한 몸이 된다.

라틴음악 한 곡은 3~4분 사이에 끝난다. 3~4분은
누군가에겐 짧을 수도 있고 누군가에겐 길 수도 있
는 시간이다. 그 시간 동안 몇 가지 패턴을 쓸 수 있을

까? 보통 한 곡을 완주하려면, 아니 재밌게 춤을 추려면 최소 여섯 가지(라이트 턴, 레프트 턴, CBL, 인사이드 턴, 아웃사이드 턴, 스팟 턴)의 패턴이 필요하다. 그래서 살사 수업에서는 매주 새로운 패턴을 배운다. 즉, 일주일 동안 같은 패턴만 한다는 소리다. 그런데 나는 처음에 같은 패턴을 일주일 내내 하는 게 많이 힘들었다. 1주 차에 베이직 패턴을 배운 뒤 4분 동안 베이직을 밟았는데, 4분이 마치 1시간처럼 느껴졌다. 2주 차 때는 라이트 턴, 레프트 턴을 배웠지만 여전히 길게 느껴졌다. 3주 차에 CBL을 배울 때도 똑같았다.

수업에서 같은 패턴을 일주일 내내 하면 몸이 기억할 것 같지만, 새로운 주가 시작되면 지난주에 배운 패턴은 자연스레 잊힌다. 정말 새로 배운 것 고대로 기억이 덮인다. 그러다 보니 서로 연결도 잘 안 된다. 배운 지 얼마나 됐다고 너무 욕심내는 걸까? 차츰 나아지겠지 생각하지만 계속 제자리걸음인 것 같아 조급한 마음만 든다.

그런데 초급 6주 수업이 끝날 무렵에는 신기하게도

제법 귀에 익숙한 음악이 몇 곡 생긴다. 노래 제목은 잘 모르지만 노래가 시작되면 몸이 먼저 반응한다. 음악의 힘이란 게 이런 건가. 음악에 몸을 맡기고는 베이직을 밟으며 서서히 시동을 건다. 파트너에게 시선을 고정하고 몸이 이끄는 대로 움직인다. 그러면 어느새 한 곡이 끝나 있다. 이번 노래가 유독 짧았나, 아니면 살사에 푹 빠져 시간 가는 줄도 모르고 신나게 춤을 춘 걸까, 확실하지 않다. 땀이 흐르고 숨은 가쁘고 아무 생각도 나지 않는다. 몸이 공중에 붕 뜬 것 같은 기분, 바람에 감기거나 강물에 풍덩 빠진 느낌. 살아 있는 지금 이 순간에만 느낄 수 있는, 춤을 출 때만 느껴지는 그 상태가 나는 너무 좋았다.

가끔 운동선수들이 말하는 존Zone 상태가 이런 게 아닐까 짐작해 본다. "내 몸이 자유자재로 움직이는 것 같은 느낌이었다"라든가 "주위가 갑자기 조용해지며 눈에 보이는 사람이나 공 모두 슬로 모션으로 움직이는 것 같았다"와 같은 묘사 말이다. 어떤 일을 할 때 집중력, 심신의 감각이 최고치에 달해 실력이 100퍼센트 발휘되는 상태. 이런 존 상태를 운동선수만 경험하는 건 아니었다.

음악이 시작되면, 그 공간에 다른 이는 아무도 없고 오직 파트너와 나만 남겨진 것 같다. 그러면 마치 한 몸인 것처럼 슬로 모션으로 동작을 이어간다. 천천히 흐르는 시간을 느끼며 춤을 추다 보면 음악이 끝나 있다. 단지 기억하는 건 발을 떼는 첫 순간뿐이다. 음악을 들었고, 홀딩 신청을 했고, 스텝을 밟았다는 것. 그리고 음악이 끝났다는 것. 이렇게 경험한 몰입의 순간이 자연스레 춤을 추도록 나를 이끌었다.

살사를 추며 나를 몰입으로 이끄는 버튼이 음악인 게 신기하다. 이렇게 나만의 플레이리스트를 하나둘 쌓으며 점점 더 춤의 세계로 깊이 빠져들고 싶다.

살사와 독서의
공통점

　살사를 배우며 살사와 독서의 공통점을 발견했다.
먼저, 둘 다 머리로 하는 것이 아닌 몸으로 한다는 점
이다. 즉, '알기'가 아니라 '하기'다. 춤추면 즐겁다는
걸 알지만 막상 시작하려면 머뭇거려진다. 독서도 마
찬가지다. 책만 읽으면 책에 담긴 내용이 전부 내 것
이 될 거라고 착각하는 사람이 많다. 나 역시 단순히
독서를 하면 다 알게 될 것이라 생각했다. 그런데 독

서의 핵심은 '알기'가 아니라 '실천'에 있었다. 읽기만 해서는 전부 내 것이 되지 않는다는 이야기다. 실제로 운동은 하지 않으면서 유튜브로 홈트 영상만 본다면 무슨 의미가 있겠는가. 이 말은 곧, 살사 영상을 아무리 많이 찾아보더라도 살사바에 가서 몸을 움직이지 않으면 소용이 없다는 것이다.

다음은 '안 되는 게 정상'이라는 것이다. 책을 읽을 때 배경 지식이 하나도 없으면 이해하는 데 시간이 한참 걸린다. 말 그대로 독해력과 이해력은 저절로 생기지 않는다. 그러니 안 되는 게 정상이라고 생각해야 한다. 살사도 그렇다. 수업을 들으면 이해하고 따라갈 수 있을 것 같지만 막상 몸을 움직여 보면 그렇지 않은 경우가 많다. 그러니 처음부터 '다 될 거야'라는 기대는 버리고 시작하는 편이 좋다.

마지막은 내 것으로 만들기 위해서는 될 때까지 '반복'해야 한다는 것이다. 살사에는 CBL이라는 대표적인 패턴이 있다. 쉽게 설명하자면, 살세로와 살세라가 180도 위치를 변경하는 것이다. 7카운트에 살세로는 오른발을 진행 방향의 45도 뒤편을 밟아야 한다. 그리고 8카운트가 끝나면 살세로는 살세라의 왼편 90도에 위치하게 된다. 'ㄱ' 자 형태의 포지션이 되는 것이다. 그리고 다시 1카운트에 왼손으로는 살세라를 앞쪽으로 리드하며, 3카운트에 살세라의 반대편으로 180도 턴하며 왼발에 중심을 실어 살세라의 진행 방향을 따라가야 한다.

수업 시간에 사부가 이 패턴을 선보이며 발이 어떻게 이동되는지 상세하게 설명해 주고, 함께 연습도 해 본다. 설명을 들을 때는 '별거 아니네'라고 생각하지만, 막상 파트너와 홀딩이 이뤄지면 방금 무엇을 듣고 이해했는지 머릿속이 새하얘진다. 혼자 머릿속으로 그려 봤을 때와 앞에 파트너가 있을 때는 전혀 다른 상황이 되는 것이다. 입으로는 박자를 세야 하고 동시에 앞에 있는 파트너와 눈을 마주쳐야 하며 손으로는 리드를 하려니 실수가 이어진다. 파트너의 발을 밟기도 하고 그러다 서로 머리가 쿵 부딪치기도 한다. 이런 당황스러운 상황이 발생하면 사부가 외친다. "파트너 체인지.”

모든 변화가 처음에는 낯설고 중간에는 혼란스러우며 마지막에는 평온한 법이다. 결국 반복을 통해 몸으로 익히며 어리바리한 시기를 견뎌 내야 한다. 물론 사부의 가르침을 남들보다 빠르게 흡수해 잘하는 사람도 있지만 실력은 시간이 흐르면 다들 비슷비슷해진다.

이론은 이론일 뿐이다. 머리로 아는 것과 실제로 하는 것에는 간극이 존재한다. 이론은 실전 앞에 무기력하다. 그래서 살사든 독서든 무언가를 배울 때는 그것을 적절히 써먹겠다는 생각으로 임해야 한다. 그래야만 지식의 활용도가 높아지고 제대로 배울 수 있다. ‘행동하는 자만이 배우기 마련’이라는 니체의 말에 담긴 의미를 나는 살사를 통해 배우는 중이다.

지식이 풍부한 사람이 있다면 그것은 오랜 시간에 걸쳐 배운 것이다. 숙련된 기술을 가진 사람이 있다면 그것은 오랜 시간에 걸쳐 갈고닦은 것이다. 많은 일을 해낸 사람이 있다면 그것은 오랜 시간 고생의 과정들을 이겨 낸 것이다. 핵심은, 꾸준히 성실하게 하는 것이다. 성공은 연속해서 쌓이는 법이다. 단, 한 번에 하나씩.

꾸준히
한다는 것

　요즘은 타고난 재능이 없어서 다행이라고 생각하지만, 과거에는 남들이 가진 재능을 부러워한 적이 많았다. 글쓰기 수업을 듣고 나보다 앞서 책을 출간한 이들을 보면서, 함께 수영 수업을 들었는데 나보다 빨리 상급반으로 올라가는 사람들을 보면서, 살사를 함께 시작한 111기 남자 동기들이 하루가 다르게 일취월장하는 걸 눈으로 지켜보면서 마냥 부러워만 했다. 분명

같이 시작했는데, 나는 안 되고 그들은 되는 걸 보면서 속으론 질투심을 느꼈다.

그런데 시간이 지나면서 알았다. 나는 배움이 느린 편이란 걸. 남들은 한 번에 알아듣는 걸 나는 적어도 세 번은 들어야 이해할 수 있다는 사실을. 내가 내린 결론은 머리가 좋은 편은 아니란 것이었다. 머리가 좋진 않지만 수업을 세 번 정도 들으면 고개가 끄떡여졌다. 살사도 그랬다. 초급에서 초·중급까지는 가만히 있어도 올라가는 거여서 올라갔지만 그다음부터는 개인의 선택이었다.

초·중급이 끝나고 나는 113기로 들어가 수업을 들으려 했다. 기초부터 다시 시작하려 했던 것이다. 하지만 동기 대부분이 준중급을 신청하는 걸 보고는 나도 덩달아 준중급 수업을 신청했다. 그리고 곧 후회했다. 수업 시간에 사부의 말을 토씨 하나 놓치지 않으려고 온 신경을 집중해 들어도 몸은 좀처럼 따라가지 못했다. 손과 발이 일심동체가 되어야 가능한 춤이 어떻게 된 일인지 엇박자로 움직였다. 아무리 애써도 안 되는 건 안 됐다. 그 뒤로 내리 세 번을 준중급 수업을 들었다.

그런데 준중급 수업을 세 번 들었어도 안 되는 건 안 됐다. 몸이 문제인지 머리가 문제인지 아니면 전부 문제인지…. 그래서 준중급 수업을 다시 들으려는데 동기가 말렸다. 차라리 공연반 수업을 듣는 게 어떻겠냐고. 귀가 얇은 편이라 동기의 말대로 공연반 수업을 신청했다. 그런데 공연반 수업의 난이도는 준중급보다 한 단계 위였다. 예상한 대로 어려웠다. 어떤 동작을 해도 마음에 차지 않았다. 다행히 공연반은 일정이 정해져 있어 공연만 끝내면 어떻게든 마칠 수가 있었다. 그리고 지금 난 또 준중급 수업을 듣고 있다. 어쩌면 배움이 느리기에 수업을 반복해 듣고 살사를 계속하고 있는지도.

"재밌게 해. 열심히 하고. 모르는 거 물어보고. 안 되는 거는 계속해 봐." FC서울 유스 강화실장 차두리가 무주군 선수단에게 해 준 말이다. 해당 영상을 수십 번 돌려 본 건 '안 되는 거는 계속해 봐'라는 말 때문이었다. 그 말이 지금 나에게 꼭 필요한 말처럼 다가왔다. 차두리는 왜 그렇게 말했을까? 뒤이은 그의 조언을 들어보면 이해가 된다.

"지금 실수해도 돼. 지금 잘 못 해도 돼. 지금 잘하라고 하는 말 아니야. 나중에 너희가 손흥민처럼 국가대표가 되고, 프로에 갔을 때 그게 완벽하게 됐으면 더 좋겠다는 거지. 지금 모든 게 완벽하게 되길 바라지 않아. 실수해도 되지만, 그걸 잘하기 위해서 계속 애쓰는 모습을 보여 주면 돼."

매일매일 훈련하면서 필드에서 발생할 수 있는 수많은 변수에 대처하는 능력을 기르는 게 선수다. 그래서 훈련 때 실수를 많이 하면 할수록 필드에서의 실수는 줄어든다. 실수는 고스란히 선수의 경험이 되고 자산이 되는 것이다.

돌이켜 보면, 나는 타고난 재능 같은 것이 없었던 덕분에 더 많이 노력하고 배울 수 있었다. 이제는 춤이 빠르게 늘지 않아도 남과 비교하며 조급해하지 않는다. 무리하지 않고 내 페이스대로 적당히 하는 법을 알게 되었으니까. 그 덕분에 5년째 살사를 즐기면서 하고 있는지도 모른다. '꾸준하다' 건 느리더라도 매일 조금씩 애쓰는 사람만이 듣는 말이라는 걸 이제는 안다.

누구나
오래 할 순 없는
취미

　누구나 살사를 시작할 순 있지만, 누구나 오래 할 순 없다. 내가 속한 '라틴 속으로'의 111기만 보더라도 처음에는 31명이 시작했지만, 현재 남은 인원은 8명뿐이다. 보통 동호회에 초급자들이 들어오면 선 기수들이 홀딩을 해 주고, 이런저런 피드백을 해 준다. 그런 과정에서 풍문이 돌기도 한다. '누구 누구 잘하더라', '누구 누구 어떻더라' 등.

그런데 초급일 때 유망주로 불렸던 친구들은 대부분 지금 춤을 추지 않는다. 반대로 잘한다는 소리를 듣지 못한 나는 지금까지 춤을 즐기고 있다. 왜 어떤 이는 계속 살사를 즐기고, 어떤 이는 떠나는 걸까?

살사를 오래도록 즐기고 싶다면 방법은 한 가지뿐이다. 바로 나름의 재미를 찾는 것이다. 내가 만난 일명 살사바 터줏대감들은 모두 자기만의 방식으로 살사의 재미를 찾은 사람들이었다. 바바라는 친구는 배움에서 재미를 찾았다. 자신의 스케줄에 맞는 수업을 끊임없이 찾아 들으며 배움에서 재미를 발견했다. 수업은 다양한 이점이 있다. 새로운 패턴을 습득하며 앎이 더욱 견고해진다. 하지만 수업만 듣는다고 실력이 늘지는 않는다. 바비는 틈만 나면 수업 영상을 보며 복습하고 쉐도잉을 하면서 자신의 실력을 갈고닦았다. 이제는 제법 실력을 갖춘 중견 살사인이 되었다.

또 귀연건달 님은 사진에서 재미를 찾았다. '라틴 속으로'의 전속 사진사가 없다는 걸 알고 본인이 직접 카메라를 구입해 사진을 찍기 시작했다. 지금은 운영진에 합류해 다음 카페에 정기적으로 사진을 업로드하고 있다. 또 한 달에 한 번 이달의 포토제닉상을 뽑는 수고도 마다하지 않는다. 처음엔 카메라에 찍히는 게 어색했던 사람들도 이제는 자연스럽게 포토타임을 즐기고 재밌는 포즈를 취한다. 동기이면서 111기 반장인 스파는 운영하는 일에서 재미를 찾았다. 사람들을 챙겨 주고 계획을 세우고 모임을 만드는 것이 좋다면서 스스로 운영진에 들어간 케이스다. 처음 살사를 시작해 적응하지 못하는 기수들을 챙기며 필요한 것들을 준비해 주고, '라틴 속으로'의 정보들을 여기저기 공유하면서 재미를 붙였다.

홍반장은 벙개에서 재미를 찾았다. 그가 주최하는 벙개는 일주일에 최소 두 번, 많게는 네 번에 이른다. 만날 때마다 기분 좋은 미소를 지어 보이면서 언제 벙개에 한번 나오라고 사람들을 다독인다. 홍반장의 벙개는 지역을 가리지 않고 열린다. 수유에서 홍대로, 일산에서 강남으로, 종횡무진 벙개를 치면서 살사를 지속해 나가고 있다. 또 민돌 님은 후기 쓰는 데 재미를 붙였다. 글솜씨를 뽐내는 대신 네 컷, 여섯 컷 만화로 후기를 쓴다. 살사인들이 하는 말을 유심히 듣거나, 자신의 속 마음을 관찰해 만화를 그린다. 그의 만화를 본 이들은 "이거, 내 이야기네요"라며 공감을 표시하고 다음 편이 기대된다며 댓글을 남긴다.

나는 공연에서 재미를 찾았다. 공연을 통해 얻는 활기찬 에너지가 좋아서 공연반을 계속 찾아다닌다. 적어도 분기에 한 번씩 공연에 참여하며 살사를 향한 열정을 끌어올리고 흐트러진 마음을 다잡는다. 게다가 무대 영상과 사진이라는 뜻밖의 추억도 남길 수 있어 좋다.

각자 이유는 다르지만 나름의 재미를 찾은 이들은 살사를 오래도록 즐긴다. 반대로 재미를 찾지 못한 이는 얼마 못 가 자취를 감춘다. 오랜 시간 즐기다 보면 자연히 춤 실력도 는다. 보고 듣고 배운 것이 살사이니 이들의 춤에는 각자의 색깔이 묻어 있게 마련이다.

'라틴 속으로'는 오래도록 사랑받는 살사 동호회가 되기 위해 다방면으로 노력 중이다. 정모, 정병, 생일 파티, 공연, 벙개, 살사화 공동 구매, 라인 댄스, 사진 이벤트 등 다채롭고 흥미로운 프로그램을 기획해 재밌게 살사를 즐길 수 있도록 유도한다. 하지만 이런 노력에도 불구하고 스스로 재미를 찾지 못한다면 동호회에 정착하지 못하고 맴돌 수 있다.

오늘을
사는 사람

그간의 입사와 퇴사, 프리랜서 생활을 거치며 깨달은 건 삶의 만족감이 통장 잔액에 정비례하는 것이 아니란 사실이었다. 연봉이 오르면 행복 지수도 오를 거란 건 나의 착각이었다. 과도한 업무량, 업무 강도는 위로 올라갈수록 줄어들 기미가 보이지 않았고, 행복 지수 대신 오히려 스트레스 지수만 높아졌으니까.

모든 게 일로만 귀결되는 사람은 대개 일주일을 '월

화수목금금금'으로 보내야 하는 경우가 많다. 새벽에 퇴근했다 다시 새벽에 출근하는 일이 다반사고, 점심은 패스트푸드로 때우며 식사 시간을 쪼개 일하는 날도 허다하다. 이런 일뿐인 삶을 사는 이들을 묘사한 15초짜리 영상을 보면, 집에 들어와 침대로 직행하고 다시 알람이 울리면 회사로 원위치된다. 집이 원래 위치였는지 회사가 원래 위치였는지 도통 알 수 없다. 퇴근 후 삶을 가져 본 적도 없는 것처럼 집에 오면 기절 모드에 돌입하고, 가족과 함께한 저녁 시간이 언제였는지 기억도 못 하는 사람들. 한때 나도 심각한 워커홀릭이었기에 잘 알고 있다. 결국 이런 상황이 나를 불행으로 몰아갈 것임을.

살사를 배우고, 살사를 좋아하며 나는 깨달았다. 오늘의 행복은 절대 내일로 미루면 안 된다고. 그리고 이 순간 행복하기 위해서는 행복한 사람들과 함께해야 한다는 것을. 그래서 나는 좋아하는 것을 함께하며 행복을 공유하는 사람들이 모인 살사바가 참 좋다.

살사에 대한
궁금증을
해결해 드립니다

🙆 외향인만 하는 거 아닌가요?

살사를 추는 사람 중에 외향인이 많을 것 같지만 아니다. 오히려 비중을 따져 보면 내향인이 더 많다. 적어도 내가 활동하는 동호회에서는 그렇다. 10명 중 외향인은 2명 정도에 불과하다.

모든 모임이 그렇지만 외향인과 내향인이 섞여 있어야 균형이 잡힌다. 외향인이 대체로 모임을 만들고

이끌어 간다면, 내향인들은 모임이 지속될 수 있도록 뒤에서 묵묵히 운영진들을 돕기 때문이다. 내향인 중 누군가는 연습실을 대관하거나 음료수를 준비하는 등 보이지 않는 것까지 세심히 챙긴다. 누군가는 이끌고 누군가는 따라야 하는 게 세상 이치다. 그러니 걱정하지 말자. 사실 나도 소심한 내향인이다.

😊 땀이 많은 편인데 괜찮을까요?

괜찮다. 보통 사람보다 땀을 세 배는 더 많이 흘리는 나도 하고 있으니 말이다.

살사 초급 강습은 90분간 이루어진다. 이 중 30분은 스트레칭과 준비 운동을 하고, 나머지 60분은 수업 진도를 나간다. 30분이 지나고 10분 정도 휴식 시간이 주어지는데, 이때 수업에 참여한 모두가 예외 없이 선풍기와 에어컨 앞으로 직행한다. 땀이 비 오듯 나기 때문이다. 그러니 나만 그러면 어쩌나 하는 걱정은 하지 않아도 된다.

땀을 많이 흘리는 만큼 운동량이 어마어마하다. 수

업이 끝날 때쯤 왼손 손목에 찬 애플 워치가 목표 달성에 성공했다며 진동을 보낼 정도니까. 쉼 없이 앞으로 갔다 뒤로 갔다, 다시 앞으로 갔다 뒤로 갔다를 반복하다 보면 1만 보는 금방이다. 러닝머신을 1시간 하는 건 지겹지만 살사를 추는 시간은 아주 즐겁다. 게다가 음악과 함께이기에 지겨울 새가 없다.

땀이 안 나는 극소수의 사람을 제외하곤 대부분 상의는 땀에 흠뻑 젖는다. 선풍기와 에어컨이 풀 가동되어도 소용없다. 흘리는 땀의 양은 다르지만 모두 땀을 흘린다는 건 분명한 사실이다.

🙂 다이어트에 성공할 수 있나요?

"어제 수업 끝나고 뒤풀이 때 많이 먹었는데 살이 오히려 빠져 있네요. 소셜 때 땀을 많이 흘려서 그런가 봐요!"

이럴 수가 있나? 도대체 얼마나 땀을 흘렸기에 마음껏 먹어도 살이 빠졌다는 건지 분명 의아할 것이다. 누군가는 '자랑하는 건가?' 생각할지도. 그런데 살사를 하는 사람들 사이에서는 이런 일이 종종 있다. 어떤 이는 열심히 춤만 췄을 뿐인데 8킬로그램이 감량되었다는 고백 아닌 고백을 하기도 했다. 엄밀히 따져보면 충분히 가능한 환경이었던 건 분명하다. 가령 공연반과 정규 수업을 동시에 들을 때가 그렇다. 공연반은 수업 외에도 연습이 필수여서 주 6일을 춤을 추는 경우가 생긴다. 그러면 일주일에 하루 빼고는 매일 춤을 추는 꼴이 된다. 그러다 보니 살이 안 빠지려야 안 빠질 수가 없는 것이다.

이쯤 되면 불평도 쏟아진다. 전화를 받아야 하는데, 공연 연습하며 턴을 돌리고 돌리고 돌리다가 손에 힘이 안 들어간다는 것이다. 분명 들었을 땐 볼멘소리인데 진짜로 그런 일이 일어난다.

😊 몸이 날씬한 사람만 추는 거 아닌가요?

절대 아니다. 난 130킬로그램이나 되는 비만인이지만 춤을 추고 있다. 날씬한 사람만 춤을 출 수 있다면 조금 억울할 것 같다.

🙋 살사를 시작한 후 달라진 게 있나요?

해외 출국 시 직업란에 적을 수 있는 게 하나 더 생겼다. 바로 '댄서'라고 쓰는 것이다. 예전에는 프리랜서라고만 적었다면, 이제는 당당하게 댄서라고도 적는다. 물론 나는 전문 댄서가 아니다. 전문 댄서는 돈을 받고 춤을 추고 나는 돈을 내고 춤을 추는 쪽이지만, 괜찮다. 취미로 살사를 추더라도 춤을 춘다는 공통점이 있으니까.

🙂 낯을 많이 가리는 편인데, 괜찮을까요?

나도 그렇다. 나는 처음 본 사람에게 한마디도 제대로 못할 정도로 낯을 많이 가리는 편이었다. 그런데 살사를 계속하다 보면 (좀 과장해서 말하면) 이런 증상이 말끔히 없어진다. 거절도 처음만 두렵지 계속 당하다 보면 익숙해지기 마련이듯 낯을 가리는 것도 마찬가지다. 선천적으로 그런 게 아니라 경험이 적어서, 사람을 많이 만나 보지 못해서, 익숙하지 않아서 그런 것뿐이다.

나는 살사를 시작한 뒤 낯가림이 거의 사라졌다. 이제는 처음 보는 낯선 사람에게 홀딩 신청도 잘하고, 말도 잘 거는 편이다. 어차피 상대도 살사를 좋아하는 사람이다. 그러니 두려워할 필요 없다.

이상한 사람을 만나면 어떡하죠?

살사 동호회엔 많은 사람이 모인다. 그렇기에 가끔 이상한 사람도 있긴 있다고 들었다. 그런데 나는 아직까지 이상한 사람을 만나진 못했다. 적어도 동호회에서 내가 만난 사람들은 모두 좋은 사람들이었다. 살사를 무척이나 좋아하는 좋은 사람들.

사람은 끼리끼리 만난다는 얘기가 있다. 운동하러 가면 운동하는 사람을 만나고, 술 마시러 가면 술 마시는 사람을 만나게 된다. 이게 진리라면 답은 간단하다. 그곳이 어디든 내가 좋은 사람이라면 좋은 사람을 만나게 되지 않을까.

🐵 비용이 많이 드나요?

살사바는 입장료가 있다. 만 원이다. 만 원에는 입장료뿐만 아니라 음료 한 잔 값이 포함되어 있다. 음료는 물, 맥주, 이온 음료, 탄산 음료 등 다양하게 준비되어 있어 취향에 따라 고르면 된다.

만 원으로 밤새워 놀 수 있는 곳이 있을까? 내가 알고 있기론 살사바를 제외하곤 없다. 물론 입장객이 충분하다는 전제하에서 말이다. 대부분은 막차 시간이 끊기기 전에 집으로 돌아가지만 그날 필Feel을 받았거나 특별한 날에는 계속 춤을 추는 것을 선택한다. 오늘 놀 것을 내일로 미루지 않는 것이다. 다음 날의 피로는 일단 생각하지 않으면서.

😊 계속 춤만 추나요?

사회생활을 시작하고 가끔 MT가 가고 싶었다. 함께 일하는 직장 동료 말고 친한 사람들끼리 떠나는 MT 말이다. 누군가는 동호회를 찾는 이유가 대학 시절 떠났던 MT 같은 게 그리워서일지도 모른다.

살사 동호회에서도 MT를 간다. '라틴 속으로'는 봄에 한 번, 가을에 한 번, 대규모 MT를 떠난다. 난 2019년 5월부터 살사를 시작했기 때문에 그해 가을 MT에 처음 참여했었는데, 111기 동기들이 9명이나 함께해 무척 즐거웠다. 특히 저녁 6시에 시작한 비밀의 오픈 강습이 인상적이었다.

음악과 춤이 있고 추억도 만들 수 있는 '라틴 속으로' MT. 함께할 분들은 언제든 환영이다.

크장

하마터면
모르고 살 뻔한
「공연의 맛」

수료식,
이게 뭐라고

어떤 살사 수업은 과정이 끝난 뒤 수료식(발표회)을
한다. 수료식은 수업에서 우리가 이런이런 것들을 배
웠다고 살사바에 온 사람들에게 보여 주는 것이다. 초
급 과정이 끝나고 하는 경우도 있고, 준중급 과정이
끝나고 하는 경우도 있다. 혹은 아예 수료식을 목표로
진행되는 수업도 있다. 내가 참여한 초, 중, 마스터 수
업에는 수료식이 포함되어 있었다.

수료식의 최고 장점은 여태까지 배운 패턴들을 반복 연습할 수 있다는 점이다. 패턴뿐 아니라 대형 이동 연습도 한다. 마지막 6주 차 수업 때 대형 이동 연습까지 마치면, 수업이 끝나고 그로부터 2주 뒤 무대에 선다.

무대에선 많은 인원이 움직여야 해 고도의 집중력이 필요한데, 처음엔 4:2로 시작해 중간에 2:2:2로 변경했다가 마지막엔 3:3으로 다시 변경해야 한다. 머릿속으로는 TV 속 아이돌 그룹이 하는 대형 이동을 그려 보지만, 생각처럼 몸이 제대로 따라 주지 않는다. 이 연습은 수료식 공연 당일까지 이어진다. 무대에서 선보일 춤 외에도 수료식 포스터 제작을 위한 사진 촬영과 공연 때 입을 의상 체크까지 이 모든 게 빠르게 이루어진다.

고작 수료식이라고 생각할 수 있지만 참여자 모두는 수료식이 아닌 공연으로 생각하고 진심으로 임한다. 수업을 듣는 인원 중 절반이 수료식 참석 의사를 밝혔다. 총 12명, 여섯 커플이 탄생했다. 확정된 커플들은 수업 외에 합정과 홍대에 있는 연습실을 빌려 일주일에 3일, 2시간씩 별도로 연습을 시작했다. 살사 1시간을 추는 것은 평균 1만 2천 보를 걷는 것과 같다. 중간에 잠깐 쉬는 것을 제외하면 대략 2시간 정도 연습하는데, 최소 2만 보 이상을 걷는 셈이다. 연습하는 동안 온몸은 땀으로 범벅되고 손목, 발목, 허리, 정강이가 나 좀 살려 달라고 소리를 지른다.

사실 수료식을 준비하는 기간에 춤 실력이 가장 많이 는다. 남들 앞에 서야 한다는 약간의 부담감이 집중력을 발휘하게 만든다. 이런 몰입은 춤출 때 없는 체력도 쥐어짜게 만든다. 그러면 일상생활에 지장을 초래할 것 같지만 전혀 그렇지 않다. 오히려 활력을 불어넣어 준다. 아드레날린 덕분이다. 수료식이 끝날 때까지 자주 두근거리고 가끔 몸이 찌릿하고 절로 입가에 웃음이 찾아온다. 수업만 받아서는 절대 알 수 없다. 이 모든 걸 수료식을 하는 이들만 누려서 안타까울 뿐이다(물론 개인마다 사정이 있기에 수료식 참여를 강요할 수는 없다).

코로나19로 거의 3년을 자유롭게 춤추지 못했다. 매일 당연하게 누리던 것이 한순간에 사라졌을 때 깨달았다. 이런 일이 언제 또 벌어질지 모르니 춤출 수 있는 지금 춤춰야 한다는 사실을 말이다. 그 시기를 겪은 살사인들은 안다. 누가 시키지도 않아도, 아무 이득이 없어도 춤출 수 있는 지금에 집중해야 한다는 것을. 수료식이어서가 아니라 춤을 출 수 있는 기회가 있을 때 진심을 다해야 한다는 것을.

실수해도
박수받는 일

   초, 중, 마스터 수업 시간에는 사부가 선보이는 동작 위주로 영상을 찍었다면, 그 후부터는 수료식 준비 과정을 찍는다. 사부처럼 멋진 춤 선을 뽐내며 춤출 수 있으면 좋으련만 찍힌 영상에는 대부분 보기 민망한 실수가 담긴다. 반복적으로 실수하는 부분이 어디인지, 박자가 안 맞는 동작은 무엇인지 등 사람들마다 취약한 지점이 명확히 드러난다.

그래서 영상을 받아 볼 땐 두렵다. 정리가 하나도 안 된 난장판 같은 모습을, 자신의 실수를 확인하는 게 반갑지 않기 때문이다. 그런데 실수가 담긴 영상도 여러 번 보면 부족한 게 눈에 들어오고, 다음엔 그 부분에서 실수하지 않으려고 하다 보니 점점 춤 실력이 나아진다. 실수를 눈으로 확인했기 때문에 메타인지가 상승한 것이다. 그러면 춤출 때 의식적으로 틀렸던 부분을 안 틀리기 위해 인식하면서 춤을 추게 된다.

인류의 오랜 관심사인 재능에 관해 파헤친 책《탤런트 코드》의 저자 대니얼 코일은 대부분 사람은 실수를 보면 무의식적으로 그것을 못 본 척하는 데 반해, 탁월함에 이른 이들은 실수를 직시한다고 말했다. 그러면서 실수를 직시하면 배움과 성장을 얻을 수 있다고 강조했다. 일부러라도 실수를 해야만 그것을 바로 잡을 수 있는 기회를 얻을 수 있다는 말이다. 그래서 끊임없이 자신의 실수를 찾으려 하고 그것과 정면 대결을 펼쳐야 한다고.

나는 직장 생활을 할 때 실수하는 게 너무 싫었다.

실수는 진급 누락으로 이어지기 때문이었다. 더군다나 실수 뒤에 따라오는 자기 비하, 자책, 자기부정 같은 감정들을 느끼는 게 괴로웠다. 그런 감정을 느끼는 내가 꼴 보기 싫어 더 악착같이 노력하고 버텼다. 그러다 결국엔 실수하기 싫어 새로운 것에는 시도조차 하지 않게 되었고, 익숙하고 내가 잘할 수 있는 분야만 선택적으로 받아들이게 되었다.

그런데 살사는 달랐다. 살사의 세계에서 실수는 되레 환영받는 쪽이었다. 자신의 실수를 빨리 발견하면 할수록 더 좋은 방향으로 나아갈 수 있다고 알려 주었다. 만약 직장을 다닐 때 살사를 알았다면 좀 더 유쾌하고 즐겁게 직장 생활을 이어갈 수 있지 않았을까.

윈스턴 처칠은 말했다. 뭔가를 배울 수 있는 실수들은 가능하면 일찍 저질러 보는 게 이득이라고. 실수를 경험하지 않고 잘할 수 있는 길은 없다. 잘하고 싶다면 실수를 마주할 수 있어야 한다. 그러고서 실수를 개선하려고 노력한다면 더할 나위 없이 좋아질 것이다.

녹화된 연습 영상을 보면서 개선할 두 지점을 발견

했다. 나는 다짐했다. 다음 연습에선 그 부분을 집중
공략해 더 나은 춤 선을 만들어 봐야겠다고.

누군가를
응원하고
응원받고

　수료식 5일 전 사부를 포함해 12명이 홍대 보니따에 모였다. 무대 동선을 정하기 위해서였다. 의상이 준비된 사람들은 의상을 입고서, 미처 준비하지 못한 이들은 평상복 차림으로 연습에 참여했다. 수업을 받던 5평 공간이 아닌 무려 50평의 대형 홀이 우리를 맞이했다. 곳곳에 설치된 사이키 조명과 커튼, 각종 홍보 포스터, 그리고 DJ 존까지. 정신없이 주변을 둘러보는 것도 잠시, 사부가 정해 준 자리로 가 섰다.

뭐든 시작이 좋아야 끝도 좋은 법이다. 수료식에서
도 처음 인트로의 동작과 마지막 동작은 이유를 불문
하고 정확히 맞아야 한다. 처음 서는 위치를 정확히
인지해라, 눈치껏 사이 간격을 조정해라, 샤인을 할 때
는 처음 위치에서 최대한 벗어나지 않도록 하는 것이
중요하다, 사부의 당부가 이어졌다.

공연 당일 구경하는 사람들이 앉아 있을 위치까지
고려해 동선을 잡은 뒤 연습을 시작하려는 찰나였다.
연습 일정을 알고 몇몇 선배 기수가 방문했다. 선배
기수들의 양손엔 물과 간식이 들려 있었다. 아직 미완
성이라 쑥스럽지만, 우리는 그들 앞에서 준비한 무대
를 선보이기로 했다. "자, 조용." 그리고 이어지는 잠
깐의 정적. 마치 수료식 당일인 것처럼 긴장감이 온몸
을 감쌌다. 처음 정해 준 위치의 네온사인을 눈으로
확인하고 고개를 숙인 뒤 준비 자세를 취했다. 음악이
나오고, 몸이 자동으로 반응하며 움직이기 시작했다.
그렇게 2분 20초가 순식간에 지나갔다. 무대가 어설

폈을 텐데도 선배들은 아낌없이 박수를 보내 주었다. 앞으로 더 힘내서 연습하라는 무언의 응원이었다. 그런데 선배들과 달리 사부는 이 상황을 어찌 수습해야 할지 고민이 많아 보였다.

"오류 님, 샤인 할 때 혼자만 너무 우측으로 나가요."

"오류 님, 더 왼쪽으로."

"계속 똑같은 데서 틀리네요."

"오류, 정신 안 차려."

그렇게 시작된 연습이 2시간 동안 계속되는 사이 선배들은 조용히 객석을 빠져나갔다. 나는 지적받은 부분을 신경 써서 한다고 했지만 자꾸만 틀렸다. 음악 박자에 스텝 맞추랴, 내 위치 신경 쓰랴, 다음 패턴 진행하랴, 머릿속이 정리되지 않자 몸도 마음대로 움직이지 않았다. 반복된 대형 이탈 실수로 열 번이나 지적을 받았다. 그래도 포기는 없다. 오히려 더 잘해야겠다는 마음으로 나를 다독였다. '자, 마지막으로 한 번만 더. 아쉬우니까 한 번만 더.' 왼쪽 발목이 그만 멈추라고 비명을 질러 대도 완성도를 높이려면 어쩔 수 없다. 할 수 있을 때 최선을 다하는 수밖에.

공연은 수많은 사람이 만들어 내는 합작품이다. 무대 위에서 애쓰는 살세로와 살세라는 물론이고, 무대 밖에서 우리를 응원하는 사람들의 응원까지 더해진 작품. 그들이 보내는 박수에는 묘한 힘이 있다. 무한 경쟁이 펼쳐지는 사회에선 박수받기가 쉽지 않다. 박수는 둘째치고 수고했다는 말도 듣기 어려운 게 현실이다. 그런데 살사는 다르다. 잘하면 잘했다고, 못해도 그동안 애썼다고 박수를 받는다. 물론 박수받기 위해 무대에 서는 것은 아니지만 후회 없는 무대를 선보이기 위해 참여하는 모두가 최선을 다한다. 어쩌면 나 자신에게 수고했다 박수를 보내기 위함인지도 모르겠지만.

멤버 중 한 명이
단톡방에서
나갔다

남녀 여섯 커플, 총 12명이 모여 있는 단톡방에서 남자 H가 갑자기 나가 버렸다. H는 연습실을 잡아 주고 정작 연습에는 참여하지 않았다. 그날 연습은 살세로 3명과 살세라 3명이 참여했고, 그중 두 커플은 수료식에 참여하는 커플이었다. 나머지 둘은 파트너 없이 각자 연습에 나왔다. 하는 수 없이 그날만 커플이 되어 연습을 진행했다. 그리고 단톡방에 한 커플씩 촬

영한 연습 영상을 몇 개 올렸더니 영상을 본 H가 이런 저런 코멘트를 날렸다.

['샤인 할 때 자신 있게! 손 붙이지 말고 손 처리 잘하세요'라고 비노 사부가 말할 듯.]

[스콜 님, 분발하세요.]

얼굴을 보면서 하는 조언도 때에 따라서는 상대방의 기분을 상하게 할 수 있고 오해가 생길 수도 있다. 카톡 글을 가만히 지켜보던 수료식 반장이 한마디 거들었다. "안 되겠어. 오늘 연습 나온 사람끼리만 방을 만들어서 공유해야겠음." 그러고는 '스콜 님, 분발하세요'라는 글에 댓글로 '이거 기분 나빠요'라고 올렸다. 그걸 확인한 H는 '그럼 제가 이 방을 나가겠습니다. 연습하세요'라고 한 뒤 단톡방에서 나가 버렸다 (다행인 건 전체 카톡방에선 나가지 않았다).

내가 보기엔 별일 아닌 것 같았지만 알 수 없는 묘한 긴장감이 흐르고 있었다. 연습을 마친 후 저녁 식사 자리에서 그 일이 회자되었다. '이러다 H가 공연을 안 한다고 하면 어쩌지?'라는 추측부터 '당장 대타를

구해야 하는 거 아닌가?' 하는 염려까지. 당사자는 없는 상황에서 안 좋은 쪽으로 상상이 마음껏 날개를 펼치는 중이었다. 결국 총무가 나서서 이 일을 수습하는 것이 좋겠다는 방향으로 의견이 모아졌다.

어쩌면 H는 자신이 연습실까지 잡아 줬는데 어느 누구에게도 고맙다는 말을 듣지 못해 마음이 상했던 게 아닐까 싶었다. 코멘트를 한 H도 악의는 없었을 것이다. 다만 자신의 의도와는 다르게 상황이 흘러간 것뿐이다.

수료식 준비 과정에서 이런 일은 종종 벌어진다. 수료식에 대한 부담감, 연습으로 쌓인 피로에 신경이 예민해져 순간적으로 마음과 다른 말을 하게 되는 것이다. 때론 예민함이 남 탓으로 이어지기도 한다. 자신이 충분한 연습을 하지 않고서 호흡이 맞지 않는다고 파트너 탓을 하기도 하고, 급기야는 파트너 교체를 요청하는 경우도 있다. 최악은 공연을 포기하는 것이다.

수료식을 준비하는 동안, 또 살사를 추는 동안, 앞으로 어떤 일이 생길지는 아무도 모른다. 이보다 더한 일도 일어날 수 있다. 그러나 괜한 상상은 금물이다. 다만 모두가 살사를 좋아하는 마음으로 모인 만큼 서로를 배려한다면 무탈하게 이 시간을 보낼 수 있을 것이다.

마음의
우선순위가
만드는 차이

　잠을 제대로 못 잤다. 수료식 연습을 마치고 집에
와 침대에 누워 잠을 청하는데 도무지 잠이 오지 않았
다. 1.5일에 한 번꼴로 이어진 연습 일정에 몸이 불평
을 쏟아내고 있었다.

　아니나 다를까. 아침에 침대에서 내려오면서 왼발
로 바닥을 디뎠는데 찌릿한 느낌의 통증이 순식간에
온몸을 휘감았다. 얼마 전에도 이런 적이 있어 한방

병원에서 침을 맞고 조금 나아졌나 싶었는데, 상태는 나아질 기미가 보이지 않았다. 한방 병원 원장 선생님은 움직이지 말고 휴식을 취하라 권하셨지만 수료식이 얼마 남지 않은 시점에서 그럴 수는 없었다. 당분간은 침 치료, 진통제, 파스로 버텨 보는 수밖에.

그런데 연습 당일 오전 9시쯤 수료식 파트너에게 전화가 걸려 왔다. 몸이 좋지 않아서 연습에 못 오겠다는 연락이었다. 내일 연습도 장담을 못 한다는 말을 덧붙이며 가능하면 총 연습 때 보잔다. 파트너는 인천에 사는데, 인천에서 홍대까진 최소 1시간 반이 걸린다. 왔다 갔다 하는 데 3시간이나 소요되다 보니 안 좋은 몸을 이끌고 오라 권하기가 어렵다. 다행인 건 파트너가 나보다 살사 경력이 길어 하루 연습을 못 하더라도 괜찮을 것 같았다. 연습량이 충분하지 않더라도 잘 따라오리라 믿는 수밖에 없었다.

몸이 안 좋을 땐 휴식을 취하고 나아진 컨디션으로 연습하는 게 맞다. 하지만 나는 파트너와 달리 살사 경력이 짧고 집과 연습실 거리도 비교적 가까워 웬만

해서는 연습에 빠지지 않으려고 한다. 발목에 통증이 있더라도 패턴을 잊지 않으려면 어쩔 수 없다. 이렇게까지 하는 이유는 나 자신에게 변명하지 않기 위해서고 후회하지 않기 위해서다.

한 무대에 서긴 하지만 각자 생각하는 공연의 무게는 다르다. 어떤 이에겐 공연이고 어떤 이에겐 고작 수료식일 수 있다. 단어 하나 차이지만 인식의 무게는 천지 차이다. 공연으로 생각하는 사람은 한 번의 무대에 모든 걸 다 쏟아붓기 위해 연습을 거듭한다. 고작 수료식으로 인식하는 사람은 살사를 배우는 과정의 징검다리로 여기면서 참여한다. 무대 의상 하나를 고르기 위해 옷을 7벌이나 주문하는 사람이 있고, 그렇지 않은 사람도 있다. 이미 안무를 다 외웠는데도 혹시 하나라도 놓칠까 봐 하루에 30번 이상 영상을 돌려 보는 사람이 있고, 영상을 아예 쳐다도 안 보는 사람이 있다. '한 번뿐인데 실수하면 쪽팔리고 말지 뭐' 하는 사람도 있고, 단 하나라도 실수하지 않으려고 안 되는 동작을 물고 늘어지는 사람도 있다.

인식의 차이가 태도를 만든다고 생각한다. 사람들은 모두 각자의 사정이 있다. 그래서 강제할 수는 없다. 마음이 움직이지 않는 이에겐 무엇도 와닿지 않을 테니까.

살사 경력, 연습량, 관심도, 참여가 다 다른 사람들이 모여 함께 무대에 선다. 공연은 라이브다. 앙코르 요청이 있지 않는 이상 한 번 하면 그것으로 끝이다. 실수해도 되돌리지 못한다. 그래서 단 한 번뿐이라는 걸 아는 사람은 허투루 하지 않는다. 모든 걸 쏟아 넣어 결국엔 해내고 만다.

스콜이
쏘아 올린
작은 공

　수료식 인원 12명 중 7명은 '라틴 속으로'의 111기 멤버였다. 수료식 인원의 절반이 같은 기수인 셈이다. 덕분에 첫 수업도 친숙한 분위기에서 시작됐다. 111기 멤버들 중 반 이상을 수료식에 참여하게 이끈 사람은 다름 아닌 스콜 님이었다. 스콜 님은 사람 모으는 일을 즐거워하는데, 수료식 덕분에 회사 일도 즐겁게 하고 있다며 수료식에 진심을 다했다. 심지어 단톡방에 이런 글을 올리기도 했다.

[공연은 뭐 모르겠고, 이렇게 같이하는 게 너무나 재밌어서 혼자 맨날 흐뭇하게 보고 있어.]

약 4년 전, 처음 스콜 님을 만났을 때는 지금과 같은 모습이 아니었다. 매일 피곤하다는 말을 입에 달고 살고 수업에도 잘 나오지 않았었다. 당시 그의 회사는 구로공단에 있었고 집은 인천, 살사 수업이 이루어지는 곳은 홍대였다. 집과 회사를 오가는 단조로운 일상을 깨 보고자 시작한 살사였는데 재미를 찾지 못해서였음까, 내가 기억하는 스콜 님의 초창기 모습은 다소 우울해 보였었다. 그런데 지금은 완전 정반대다. 회사 사람들에게 살사를 적극 권장해 112기부터 최근 117기까지 기수마다 적어도 1명씩 회사 동료를 동호회에 투입시키는 데 성공했다. 이제는 회사에서 살사 동호회를 만들 수도 있을 것 같다며 즐거워했다.

그가 쏘아 올린 작은 공 하나로 111기 단톡방도 활기가 넘쳤다. 무엇보다 수료식 멤버들은 처음 살사를 출 때의 열정을 되찾았다. 나와 내 파트너는 부상 투

혼, 인장 님과 솜솜 님은 체력 투혼 중이었지만 절대 지치지 않았다. 또 바비 님은 요즘 모든 일이 즐겁단다. 매일 용인에서 홍대까지 왕복하며 잠을 못 자는데도 늘 신나 보인다. 스파 님은 매일 연습을 소집하고 장소를 대관하고 정산하는 번거로운 일을 자발적으로 하고 있다. 이 모든 상황을 카톡으로 전달받는 피나 님은 멀고도 먼 미국 땅에서 이번 수료식을 축하한다는 메시지를 전해 왔다. 그리고 수료식에 참여하려다 발목 부상으로 깁스까지 한 닐 님은 수료식에는 참석하지 못하지만 온라인으로 응원을 아끼지 않았다. 수료식을 준비하며 우리는 모두 성장통을 겪고 있지만, 진심으로 서로의 안부를 챙기고 안녕을 바라는 사이가 됐다.

이제 수료식 날이 되면 오랜만에 111기가 한자리에 모인다. 그날, 후회 없이 즐겁게 불태우고 또 하나의 멋진 추억을 만들고 싶다. 행복이 별건가. 지금 열정을 쏟을 일이 있다는 것, 지금 함께할 사람이 있다는 것, 지금 건강한 몸을 갖고 있다는 것이 행복 아닐까. 열정을 쏟을 일이 있다는 건 원하는 만큼 앞으로 더 성장할 수 있다는 말이고, 누군가 곁에 있다는 건 앞으로 더 행복한 시간을 같이 만들어 갈 수 있다는 말이고, 건강한 몸이 있다는 건 이 모든 것을 조화롭게 유지해 나갈 힘이 있다는 말이니까.

자신이 행복할 수 있는 이유들을 찾아 사는 것, 그게 현재 행복할 수 있는 최선의 방법 아닐까.

틀리더라도
자신 있게

수료식 2시간 전. 보니따 세뇨리따 홀(공연이 있을 때 대기실로도 사용되는 공간)에서는 살세라들의 단장이 한창이다. 기초 화장을 마친 살세라들의 메이크업을 위해 3명의 도우미가 눈썹, 헤어, 반짝이, 목걸이와 팔찌 등 액세서리 착용을 도와주고 있다. 살세로들은 이런 광경이 신기한 듯 멀찌감치 앉아서 구경 중이다. 물론 살세로도 단장을 한다. 다만 헤어스프레이와 비비 크림 바르기가 전부기에 살세라에 비해 준비 시간이 짧을 뿐이다. 살세라에게 이날은 그 어느 때보다 자신이 가장 예뻐 보이고 싶은, 여자의 본능이 최고조로 발휘되는 날이다. 사실 살세로가 춤을 리드하지만 공연에서만큼은 살세라를 돋보이게 하는 병풍 역할을 한다.

분주한 대기실로 선배들이 찾아왔다.

"수료식인데 공연처럼 준비하셨네요."

"그럼요. 한 번뿐인 수료식이니 당연하죠."

선배들은 그동안의 수고를 격려하며 흐뭇한 미소를 보낸다. 그 미소에는 지금 우리가 어떤 심정인지 누구보다 잘 알고 있다는 무언의 메시지가 담겨 있는 듯하다.

"자, 살세로들끼리 샤인 한 번 맞춰 볼까요?"

살세라들의 준비가 길어지는 틈을 타 살세로들끼리 샤인을 맞춰 보자고 주철 사부가 제안하자, 검붉은색 남방과 흰 바지를 맞춰 입고 머리에 한껏 힘을 준 살세로들의 샤인이 시작된다. 같은 의상으로 통일성을 갖추니 전과 달리 동작이 정돈돼 보이고 조금 부풀려 말하면 칼 군무 같아 보이기도 한다. 공연 시간에 가까워질수록 긴장감이 고조된다. 다들 말은 안 하지만 심장이 마구 뛰고 있을 것이다.

"근데 사천 님은 어디 갔어요?"

"옷 갈아입으러 갔는데 여태 안 오네요. 올 시간이 지났는데."

"누가 전화 좀 해 봐요."

30분 전쯤 보니따에서 10분 거리인 자신의 가게에 옷을 가지러 간 사천 님이 돌아오지 않았다. 모두가 걱정하던 그때 당황한 얼굴로 사천 님이 돌아왔다. 분명 어제까지만 해도 가게에 멀쩡히 걸려 있던 옷이 지금 가 보니 사라졌단다. 큰일이다. 사천 님이 현재 입고 있는 옷은 하얀색 면티라서 그대로 무대에 오를 수는 없었다. 그때 다행히 홍반장 님이 자신의 카디건을 입으면 어떻겠냐고 제안해 임시방편으로 위기를 모면했다.

"자, 마지막으로 한 번 더 맞춰 볼까요?"

"릴리가 없는데요, 잠시만요."

"9시 30분에는 다 모이라고 했잖아요. 그때부턴 아무 데도 가면 안 돼요! 다 같이 한번 맞춰 보는 게 이렇게 힘드나."

사부의 말에서 걱정과 염려가 느껴졌다. 한쪽에선 로제와 파트너 홍반장이 쉬지 않고 계속 연습 중이었는데 잘되던 동작이 안 된다며 동작을 다시 봐 달라고 부탁했다. "원래 공연이 그런 거야. 되던 것도 마음처럼 잘 안 돼" 하는 사부의 말 뒤로 사회자가 준비를 부탁했다.

"자, 공연팀 준비해 주세요."

공연 15분 전. 밖에선 10시 라인 댄스가 시작되었고, 사부의 마지막 당부가 이어졌다.

"여러분, 모두 그동안 열심히 연습했어요. 제가 알아요. 그러니 이제부턴 자신을 믿으세요. 만약 틀리면 다른 사람 동작에 맞추려고 하지 마세요. 그러면 박자 전체를 놓치게 돼요. 틀리면 멈춰서 환하게 웃다가 다음 동작 들어갈 곳을 찾으세요. 자, 하나, 둘, 셋, 파이팅 하고 들어갈게요. 하나, 둘, 셋, 파이팅!"

복도에서 무대 입장을 위한 사열이 시작됐다. 우황청심환이 필요할 만큼 긴장되고 목이 바짝바짝 말라갔다. 머릿속으로 패턴을 기억하려 하는데 아무것도 안 떠오르고, 몸의 근육이 경직되기 시작한다. 이제부터 믿을 건 몸의 기억밖에 없다. 그리고 나 자신을 믿어야 한다. 틀려도 괜찮다. 대신 틀려도 자신 있게 틀리자. 놓치면 샤인을 하자. 쪽팔림은 잠시뿐이니까. 후-우, 후-우, 후-우우우우. 크게 심호흡을 해 본다.

"자, 입장하세요."

드디어 시작이다.

저지르느냐
포기하느냐

홍반장, 로제, 오류, 릴리, 솜솜, 스파… 한 명씩 이름이 호명되고 드디어 무대로 입장! 눈앞에는 어림잡아 200명 정도의 관객들이 보였고, 환호와 박수 소리가 뒤섞여 그들이 온몸으로 보내는 뜨거운 열기가 느껴졌다. 수료식 인원이 모두 무대에 오르자 음악 소리가 묻힐 정도의 환호성이 정적으로 바뀌었다.

빠바밤바바바바~ 원, 투, 쓰리 카운트에 고개를 들

었다. 왼손으로는 살세라가 회전할 수 있도록 리드하고 왼발은 카운트에 맞춰 움직임을 시작한다. 이제부터 믿을 건 내 몸과 파트너뿐이다. 아니, 이 순간을 위해 그간 애쓴 노력까지 더하면 셋이다. 음악에 몰입되어 귀는 노이즈 캔슬링이 된 것처럼 느껴지고, 입은 실수 동작을 줄이기 위해 오-왼-오, 왼-오-왼을 말하면서 그다음 동작을 이어 나간다. 잠깐씩 관객들과 눈이 마주치면 순간 집중이 흐트러지기도 했지만 얼핏 "멋있다~" 하는 소리가 들리기라도 하면 힘이 났다. 오늘만큼은 내가 주인공이니 그저 즐기다 내려오자고 마음먹었다.

2분 10초. 공연이 끝났다. 정신을 차려 보니 세뇨리따 홀은 귀가 떨어질 듯한 함성과 박수 소리로 가득 차 있었다. 그제야 난 안심했던 것 같다. 사람들이 보내는 박수는 무대가 훌륭했다는 의미일 테고, 그걸 증명이라도 하듯 무대가 끝나고도 한동안 환호가 계속 이어졌다. 긴장해 스텝이 엉키기도 했고 부끄러워 사람들과 눈도 오래 마주치지 못했지만, 후회 없이 춤춘

무대였다.

삶에는 때때로 저질러야 하는 순간들이 있다. 제자리에 머무르지 않고 앞으로 나아가기 위해서든, 현 상태를 벗어나기 위해서든, 정체된 나에게서 벗어나기 위해서든 말이다. 수료식을 준비하는 내내 나는 그런 저질러야 하는 순간들을 자주 맞닥뜨렸다. 그리고 그 저지름에는 늘 용기가 필요했다. 힘든 순간 망설이다 포기하는 쪽 대신 적극적으로 도전하는 용기를 택했다. 그리고 마침내 성취하는 기쁨을 맛보았다.

저지르느냐 포기하느냐는 자신의 선택이다. 남이 그 선택을 대신해 줄 수 없다. 깨지고 부서지더라도 나는 또 저질러 볼 것이다. 다음 도전은 바차타다!

떨림을
잊는 방법

"공연하면 안 떨려요?"

"떨려요. 떨리지만 그냥 하는 거죠."

수료식 뒤풀이 자리에서 누군가 내게 물었다. 쿨한 척 대답했지만, 사실 난 남들보다 엄청나게 떠는 사람이다. 병적으로 말이다. 이번 공연만 하더라도 공연 시작 2시간 전부터 입이 바짝바짝 마르고 손과 발에 땀이 나기 시작했으며, 호흡이 가빠지면서 양 손가락 마디마디가 저렸고, 갑자기 머릿속이 하얘지고 자주 소변이 마려웠다. 이런 증상 하나하나가 나를 괴롭혔다. 난 이런 내 상황을 들키고 싶지 않아 태연한 척 앉아 있었지만, 공연에 대한 두려움이 만들어 낸 허상이란 걸 머리로는 알아도 몸은 말을 듣지 않았다. 무대로 나가기 직전까지 내 안의 떨림의 증상들이 끈질기고 집요하게 나를 방해했다. 이런 진통을 겪으며 겨우 무대에 올랐다.

그런데 신기하게도 무대에 서자 이런 증상들이 말끔히 사라졌다. 정말 마법처럼. 그러면 언제 그랬냐는 듯 무대에서의 내 역할에만 집중하게 된다. 내 안의 저항군이 아군으로 바뀌는 순간이다. 생각해 보니 꽤 오랫동안 이런 경험을 계속 해 왔었다. 중·고등학교 중창단 6년, 직장인 합창단 2년, 그리고 살사 2년, 도합 10년이다.

10년이면 안 떨릴 만도 한데, 절대 그렇지 않다. 떨림은 몸의 저항 중 하나다. 몸이 자동으로 반응하는 거라 어쩔 도리가 없다. 그간 떨림을 잠재우기 위해 다양한 방법을 시도해 봤지만 소용이 없었다. 술에 의존하기도 했고(소주 2병을 마셔 본 적도 있고 위스키를 원샷해 본 적도 있다) 우황청심환을 씹어 넘기기도 했지만, 단 한 번도 진정되지 않았다. 10년 동안이나 말이다.

어디 몸만 이런 신호를 보냈을까. 머릿속의 저항도 만만치 않았다. 실수하면 어떡하지, 넘어지면 어떡하지, 그러면 쪽팔릴 텐데… 나를 더 구석으로 몰아넣고 공연을 방해하기 위한 공작을 펼친다. 그럼 조용히 반박한다. 예를 들어 '실수하면 어떡하지'가 떠오르면 '성공하면 어떡하지' 하며 반대로 생각하는 것이다. 최악의 순간을 떠올리는 대신 긍정적으로 그 상황을 그려 보는 것이다.

10년 동안 몸과 마음의 저항을 마주하며 깨달았다. 저항은 그냥 받아들여야 한다는 걸. 그래서 이제는 그럴 때 시간이 약이다, 다 지나갈 거라 여기고 심호흡을 아주 크게 하면서 견딘다. 떨림의 숙명은 무대에 서기 전부터 무대에 오른 후 5분까지다. 이 시간이 지나면 언제 그랬냐는 듯 음악에 맞춰 멋지게 춤추는 내가 될 테니, 걱정 없다.

살사 공연이
내게 가르쳐 준 것

　'스케치북과 함께 커 온 아이유의 성장기 BEST 3'라는 제목의 영상을 보면 가수 아이유가 실수한 장면 세 가지가 나온다. 그중 하나는 〈첫 이별 그날 밤〉을 부르던 중 '사랑했던 너의 말을 믿을게~' 부분에서 음 이탈이 난 것이다. 그러나 아이유는 당황하기보단 웃으면서 "죄송합니다" 사과하고, 관객들도 그녀의 사과에 야유가 아닌 응원의 박수를 보낸다. 아이유는 이

날을 평생 기억에서 절대 지울 수 없다고 말했다. 그런데 이날 음이탈은 어느 정도 예정된 것이나 마찬가지였다. 왜냐하면 노래를 부르기 전 그녀가 가수 비의 안무를 선보였기 때문이다. 노래하기 전에 격한 안무를 추다 보니 체력이 저하되면서 성대에도 영향을 미친 것이다.

가수들은 무대에 서기 위해 셀 수 없을 정도로 연습을 반복한다. 수없이 연습했어도 자신의 의도와는 다른 실수가 생길 수 있다는 걸 잘 알기 때문이다. 내게도 비슷한 일이 있었다. 사실 한두 번이 아니다. 무대에서의 실수는 고등학교 때부터 최근까지도 계속 이어졌다. 친구의 결혼식 축가를 부르다 실수했으면 다시 축가를 안 부르는 게 맞을 텐데, 난 지금도 축가 부탁을 받으면 수락한다. 마음과 말이 정반대로 튀어나온다. 내가 봐도 참 신기하다. 보통 이런 일들은 라이브로 이루어진다. 그만큼 변수가 많다. 공연도 그렇다. 그래서 공연을 하다가 틀려도 방법이 없다. 되감기가 불가능하다. 수백 번, 수천 번을 연습해도 틀릴 수 있는 게 공연이다. 그럴 때는 그냥 초연하게 받아들여야 한다. 그리고 틀리더라도 무대가 끝날 때까지 자신이 연습한 걸 끝까지 보여 줘야 한다.

살사 공연은 내게 가르쳐 주었다. '삑사리가 나도 다음 동작을 이어가라'라고. 삶도 마찬가지다. 살다 보면 예상치 못한 삑사리가 생긴다. 그럴 땐 이미 엎질러진 물을 그릇에 담으려고 애쓰기보단 더 좋은 것으로 채우려고 노력하는 게 낫지 않을까.

성공한 이들은 실수하지 않은 사람이 아니라 실수를 많이 해 봐서 변수를 줄여 나간 사람이다. 자신의 실수를 밑거름 삼아 다시 같은 일이 생기지 않도록 준비하고 연습하면 된다. 그렇게 준비한 무대라면 혹 틀리더라도(물론 안 틀리면 좋겠지만) 후회하지 않고 내려올 수 있지 않을까.

춤추기에
늦은 때란 없다

살사 공연과의 뜨거운 열애가 끝났다. 그리고 뜨겁게 안녕했다. 8주간 열정을 불태운 우리에게, 그리고 나에게 〈뜨거운 안녕〉의 노래 가사를 빌려 이렇게 이야기하고 싶다. 오늘 노래의 볼륨을 높여 달라고. 비트에 날 숨기고 지난 추억을 떠올리며 오늘 내가 울어도 모른 척해 달라고. 오늘 밤이 지나면 모든 걸 잊어버리고 다시 새로운 삶으로 나아가겠다고. 마지막으로 소중했던 내 사람아, 이젠 정말 안녕이라고.

8주 동안 나는 후회 없이 춤에 올인했다. 무언가에 올인해 본 적이 있는 사람은 안다. 마침표를 찍었을 때의 진한 감동을. 달콤한 동화적 환상이 아닌 이루 말할 수 없는 감동을 말이다.

살사는 내 안의 또 다른 나를 발견하게 했고, 내게 이런 잠재력이 있었나 놀라게 했으며, 상상도 하지 못했던 다른 내가 되는 경험을 하게 해 주었다. 현실의 매너리즘에 빠져 어둠에 사로잡혀 있던 나를 양지로 이끌어 주었고, '너는 해낼 수 없을 거야'라고 속삭이던 내 안의 괴물과 마주해 마침내 싸워 이길 수 있게 해 주었다. '고작 춤 따위에서 무슨 그런 걸 느낄 수 있겠어'라고 생각할 수 있겠으나 인생은 '가치'를 어디에 두느냐에 따라 달라질 수 있다. 살사가 내게 만족스러운 삶을 안겨 준 것처럼.

이상하게 들릴 수도 있지만, 나는 남들이 나에게 '바보 같다'고 해 주면 기분이 좋다. 사람은 누구나 자신의 잣대로 재기 때문에 절대적으로 옳은 사람도 없

고 절대적으로 바보인 사람도 없다. 자신의 기준에서 벗어나면 '바보', 자신의 기준에 맞으면 '옳은 사람'이 되는 것이다. 그렇지만 한 가지는 말할 수 있다. 바보는 행복하다. 왜냐면 내 기준에서 바보는 '왜 자신이 행복한가?'를 생각하지 않기 때문이다. 반대로 '왜 자신이 불행한가?'도 생각하지 않는다. 다만 '그렇게 하고 싶다!'는 마음으로 느끼고 움직일 뿐이다. 아이 같은 단순한 욕망을 가지고 사는 것만으로도 행복하다. 성공이든 실패든 결과는 중요하지 않다.

결국, '가치'를 어디에 두느냐가 행복을 정한다. 내게 살사는 일상에서의 유일한 탈출구다. 날씨로 치면 가뭄에 내리는 단비 같기도 하다. 기대하지 않고 받는 선물이 더 큰 기쁨을 주는 것처럼. 춤을 시작하기에 늦은 때란 없다. 망설이는 지금도 시간은 계속 흐른다. 인생의 가장 젊은 날인 오늘, 살사를 시작해 보는 건 어떨까.

에필로그

    스페인 부르고스, 비스카야 지역에서 활동하고 있는 남녀 크리에이터의 영상을 봤다. 그들은 사람이 많이 오가는 광장에 스피커를 들고 나타나 사람들에게 춤을 함께 추자고 청하고, 몇몇과 함께 춤을 춘다. 처음엔 주변 사람들도 당황해하지만 흥겨운 음악에 빠져 춤추는 둘을 보며 신기한 듯 카메라로 그들의 모습을 찍기도 하고 박수를 보내기도 한다. 누가 보든 말든 상대에게, 그리고 춤에 집중하는 그들의 모습이 내

눈에도 멋있어 보였다.

　비가 오는 날에도 이들의 춤은 계속된다. 사람들은 우산을 쓰고 그들이 비를 맞으며 춤추는 모습을 바라본다. 어느 무엇도 우리를 막아설 수 없다는 듯 그들은 빗속에서 더 자유롭게 춤에 집중한다. 옷이 젖든, 신발이 젖든, 아무 상관하지 않으면서.

　그러고 보니 어린 시절 비 오는 날, 우산도 쓰지 않고 뛰어다니는 아이들을 본 적이 있다. 그럴 때 보통 엄마들은 비를 맞으며 뛰는 아이를 보며 혹시 아이가 감기에 걸릴까, 넘어지진 않을까 노심초사하며 우산을 쓰라고 재촉하지만, 아이들은 그런 것을 전혀 신경 쓰지 않는다. 비 맞으면서 뛰는 것도 아이들에겐 하나의 재밌는 놀이니까. 게다가 아이들은 '감기에 걸릴까?' 하는, 일어나지도 않은 일을 미리 걱정하지도 않는다. 오직 지금 이 순간 재밌으면 비 따위는 전혀 아랑곳할 필요가 없는 것이다.

　빗속에서 춤추는 그들의 모습에서 나는 아이들의 천진난만함을 봤다. 문득 성인이 된 후로 타인의 시선을 의식하며 살아온 지난날들이 떠올랐다. 이젠 그러지 않으려고 한다. 정작 남들은 나에게 관심도 없는데 내 안의 검열관이 나의 행동을 제약했다는 걸 살사를 통해 알았기 때문이다.

예전엔 사람들에게 내 취미가 살사라고 얘기하는 게 부끄러웠던 적이 있었다. 이제는 아니다. 남들이 뭐라 하든 내가 즐거우면 된 거다. 살사는 내게 알려 주었다. 나만의 놀이를, 즐거움을 절대 잃지 말라고. 천진난만한 아이처럼 살라고. 앞으로도 나는 살사를 출 것이다. 아무도 바라보고 있지 않더라도 말이다.

인생은 살사처럼

1판 1쇄 인쇄 2024년 2월 16일
1판 1쇄 발행 2024년 2월 29일

지은이 정석헌
펴낸이 김성구

책임편집 조은아
콘텐츠본부 고혁 김초록 이은주
디자인 이영민
마케팅부 송영우 김나연 김지희 김하은
제작 어찬
관리 김지원 안웅기

펴낸곳 (주)샘터사
등록 2001년 10월 15일 제1-2923호
주소 서울시 종로구 창경궁로35길 26 2층 (03076)
전화 1877-8941 | 팩스 02-3672-1873
이메일 book@isamtoh.com | 홈페이지 www.isamtoh.com

©정석헌, 2024, Printed in Korea.

ISBN 978-89-464-2266-7 03810

• 값은 뒤표지에 있습니다.
• 잘못 만들어진 책은 구입처에서 교환해 드립니다.

샘터 1% 나눔실천
샘터는 모든 책 인세의 1%를 '샘물통장' 기금으로 조성하여 매년 소외된 이웃에게
기부하고 있습니다. 2023년까지 약 1억 1,200만 원을 기부하였으며, 앞으로도 샘터는
책을 통해 1% 나눔실천을 계속할 것입니다.